Genius magic commander
wants to escape
天才魔術指揮官は
逃げ出したい
戦記
RECORD OF
RMILLION WAR

イクス・ベルニ
軍曹
マクアディ・
ソ(ン)フラン大尉

ラディア・
レコ・マリス
第二王女
メディア・
レコ・マリス
第一王女
アスタシア・
レミ・フーノベリ
中佐
エメラルド・リアン・
リアンガ姫

私は地獄の悪鬼とは思わなかった。
地獄の悪鬼はあんなに悲しそうな顔はしない。
私はそこに人の善性を見たような
気がした。
「マクアディ、あれが
マクアディ・ソフラン」
「非戦闘員を殺すな」
ソフラン大尉は、そう言って自らの
魔法で作り出した炎の道を歩いて行った。

「先任軍曹。動けるか」

「はい。この攻撃なら敵も突撃はないでしょう。

安心して逃げ回れますな」

「それはいいが、縦深がもっと欲しい。

味方は、まだ撤退できてないか」

「合図がまだ来ておりません」
「そうか、では軍曹、少し下がって回復していろ」
「御免蒙ります」

CONTENTS

RECORD OF VERMILLION WAR

Genius magic commander
wants to escape

紅蓮戦記 1
天才魔術指揮官は逃げ出したい

芝村裕吏

MF文庫J

CHARACTERS

ルース王国陣営

マクアディ・ソ（ン）
フラン大尉

敵軍から「虎のマクアディ」と呼ばれる炎魔導士。わずか14歳にして王国史上最高の軍功を誇る「戦争の天才」。

イクス・ベルニ
先任軍曹

マクアディの突撃隊の副官を務める理知的な男。元は幼年学校の助教でマクアディが全幅の信頼を置く。

ヘンドウ・イスラン
伍長

マクアディ隊の伍長。近所のパン屋の兄ちゃんにいそうな下士官にあるまじき気安い雰囲気の男。

ラブール・レコ・マリス

ルース王国軍の軍務卿を務める現国王の叔父。マクアディいわく「話がわかるじいちゃん」

メディア・レコ・マリス

ルース王国の第一王女。
引っ込み思案で人付き合いが苦手でポンコツ気味な少女。

ラディア・レコ・マリス

ルース王国の第二王女。
実は年齢不相応な頭の良さを持っている。

有志諸国連合陣営

アスタシア・レミ・フーノベリ

ニクニッス国王立陸軍の憲兵中佐。侯爵息女ながら前線に立ちマクアディと対峙することに。

エメラルド・リアン・リアンガ

リアン国の姫将軍。マクアディとはルース王国の軍幼年学校時代の同窓で因縁浅からぬ仲。

ムデン

エメラルド姫に仕える侍従長。

ステファン・ホンゴ

リアン国のヘルハウンド使いの魔導士。軍幼年学校でマクアディとも顔なじみ。

口絵・本文イラスト●エナミカツミ

第一章

RECORD OF VERMILLION WAR

Genius magic commander
wants to escape

異世界オンドヌールで組織的に魔法が戦争に持ち込まれて二五〇年。

高度に組織化、分業化されカリキュラムも完成した魔法戦争世界で、マクアディ・ソンフランはルース王国の炎魔導師として任官した。齢一〇、当時としても若すぎる任官だが、ルース王国を巡る戦況はマクアディの成人を待てるほど良くなかった。

高度な魔法戦争によって、人命が湯水のように使われる時代になっていたのである。

平均的な炎魔導師の平均寿命が二週間を切る。そんな事態だったのである。

ところがマクアディは二週間をはるかに越えて生きた。ルース国史では単に地獄と書かれた三年を、彼は華々しい戦果で駆け抜ける。

東部戦線で一年、そこから教育課程を経て中尉となり、また一年で大尉になった。通例がここまでに九年かかるのだから異例の出世ではあるのだが、マクアディとしてはさして喜ぶ気にもなれなかった。ルース王国が負け続けていたのである。マクアディがその部隊を率いて勝ちまくっても、全体としては色の違う大河の一滴という有様だった。

どうにか怪我の一つもして除隊して故郷に帰れないものか。しかし魔法戦争において、死なない程度の怪我というのは、それはそれは難しかった。

それで今も、戦争を稼業にしている。部下を率いて敵味方を燃やし、寸土を争うのである。

○イントロダクション

秋も深まってもう、冬といって差し支えない季節になった。草木も色褪《いろあ》せ、視界は茶色に覆われつつある。

天気は晴れ。竜の鱗《うろこ》のような雲が高く上がっている。昼を過ぎてもう太陽が傾きつつあった。

そんな中、今日も元気に敵が攻撃魔法を使っている。巨石を生成して投射する。そんなやつ。

食いしばっても歯が鳴るような衝撃が走る。落ちて来た巨石は転がって、敵陣の方へ向かう。

この数日で、我が愛《いと》しの故国ルース王国、その新王都へ向かう山道であるヘキトゥ山の斜面は、すっかり荒れ果ててしまった。巨石が何千も投げつけられたんだから仕方ない。木々も折れ、石と石、岩と岩をぶつけたあとの独特の匂いが残る。落ちている巨石の数は数えるのも面倒だが、ざっと一〇〇〇個はあるだろう。攻撃開始から四日は経《た》ってないから、一日三〇〇位は飛ばしてきているわけだ。どんだけ土属性魔導師を投入してきているんだ。五分に一回くらい飛んで来てるぞ。

対してこっちは不人気の火属性勅任魔導師《ファイアーキングダムウイザード》が一名。つまり、俺だけ。いやもう戦いになってないんじゃね。

それにしても敵はしつこい。こっちは王都を捨てて片田舎に逃げ出したのに、まだ追ってきて戦争を続けようとしている。どんだけ戦争好きなんだ。

まあ、それをいうならそれにつきあって戦争を続けている俺もか。特に深い意味もなく、故国滅亡までの時間を引き延ばしている。

ま。考えても仕方ない。今日も戦争だ。戦争。

「おい先任軍曹《ファースト・サージエント》」

俺が声を出すと、隠れていた部下が顔を出した。のんきに近寄ってくる。

背がひょろりと高い、細面のその姿は、中々軍曹という立場に似つかわしくない。本来は、もっとこう、いかつい、生まれついての兵隊みたいな体格と姿をしているもんだ。

年齢は確か二八、俺の親父《おやじ》より六つ下だ。

「なんです？　大尉。昨日あんまり眠れてないとかの愚痴はなしですよ」

「いや、昨日はよく寝れたな。近くで着弾しなかったら寝坊してた」

俺が返すと、先任軍曹は呆《あき》れた顔をした。

「さすが大尉。頭のネジがはずれていらっしゃる」

「失礼な。こう見えても昔は岩飛んで来るたびに小便垂れ流して鼻水出して走り回っていたわ。ああ、思い出すな、穿袴《ズボン》が乾くまでが惨めでなあ」

「はぁ。今更人並みを喧伝《けんでん》されても手遅れだと思いますがね」

俺は肩をすくめた。寸劇終わり。

見ればあちこちに隠れていた、顔を汚したいい歳《とし》の部下たちが、羨望以外の何物でもない目で俺たちを見ている。それどころか朗らかに白い歯を見せて笑っていた。

そんな目で見るなよ。頼むから。俺は伝説かなんかにでてくる英雄じゃないんだ。

とんでもない貧乏くじを引いた大隊長、ただそれだけ。

「なにをしておる！　大隊！　しっかり隠れんか！　大尉殿は簡単に死ぬことを許されてはおらん！」

兵士たちが表情を入れ替えると、巧みに配置された掩体壕《えんたいごう》に隠れた。また巨石がくる。

俺たちを狙っているんだろうが、まあ一〇〇歩ばかしは前に落ちたな。

「それで、ご用件はなんでしょう」

ケロッとした顔で先任軍曹《ファースト・サージエント》はやってくる。俺の隠れている陣地に入ってきて顔だけ出した。

俺は腕を組んで山の裾野に配置された敵の様子を見る。敵め、もう勝ったつもりか、散開もせず、閲兵式のように並んで待機してやがる。ざっと三万。いや、もう少しいるかな。

二個師団超。一個軍団くらいか。

「敵の準備攻撃が長すぎる気がするんだが、敵さんなにをやっているんだ？」

「そりゃあ、大尉が守っているんですから。ご存じかは知りませんが、大尉は我が王国の至宝、敵からは地獄の大悪魔、炎の虎《バーニングタイガー》なんて呼ばれていますよ」

「知らんかったわ。それにしても燃えてる虎なんてすぐにも死にそうなんだが」

「まあ、敵軍の捕虜からの情報ですんで適当なんじゃないかと。それはさておき……」

先任軍曹は私費で買ったという物珍しい遠眼鏡《めがね》で敵軍を視察した。俺も俸給は貰《もら》ってるんだから、ああいうの買えば良かったかな。

「思うに複数の理由があると思います。大尉」

「可能性が高いものから順に三つ話せ」

「一つに、やはり大尉の武名だと思われます」

「一四のガキになにびびってんだろうな。連中」

「誰しも一個しか命は持ってないんですよ。それで二つ目ですが、勝ちが見えた今更、死にたくはないんでしょう」

「なるほど。命を惜しむくらいならそもそも戦争するなって話だな」

「死にたがりは良い兵隊になりません」

軍曹の反論に俺は頷《うなず》いた。

「それもそうか。んで、三つ目は？」

「時間稼ぎ、ですかな」

「俺を釘付《くぎづ》けにして、新王都への迂回路《うかいろ》を探していると？」

「あくまで可能性ですが」

「なにが可能性だよ。どう考えてもそれが一番じゃないか。軍曹ぉ、お前昔っからもったいつけすぎなんだよ。この間だって俺の誕生日挨拶長過ぎで燭台《しょくだい》の蝋燭《ろうそく》消えてただろ」

「大尉の戦功が凄《すさ》まじすぎて、肩書きが長すぎるんですよ。蝋燭が消えたのも従軍勲章の地名が多すぎたからです。我ながらお仕えしてから三年半、よくぞ生きていたという感じで。激戦、また激戦で勲章の重みで軍服破けそうです」

「なんだ自慢か」

「まあ、そうですな」

俺は顔をしかめた。先任軍曹《ファースト・サージエント》はただ朗らかに笑っている。軍曹は平民だから魔法は使えない。それで三年生き延びたんだからまあ凄《すご》いは凄いな。前世は運命の女神のヒモかなんかだったんだろう。

軍曹はにやりと笑った。

「それで、どうなさるおつもりで？」

「連中、余程我がマリス王家が憎いらしいな。こんな田舎まで落ち延びてきたのに、まだやる気だよ。王国の領土が欲しいんじゃなかったのか」

「血が流れすぎましたからな。王族を広場に並べて処刑でもせんことには収まりがつかんのでしょう」

「同じ理屈で俺も処刑されそうだな」

「ご冗談を。大尉は敵に捕まったりはしませんよ」

「まあ、最後まで諦めなきゃ向かうところは戦死だよな」

「大尉なら指一本、視線一つ動く間は敵が油断できません。だから、ですよ」

「俺、軍の幼年学校に入る前の年に母親にいわれたんだよな。すぐいたずらすると」

「さすがであります」

「ん？　俺のことバカにしてる？」

「はい。いいえ。それはさておき、どうされます？」

「戦死するまでが戦争だ。軍曹」

「承知いたしました。大尉と一緒なら、そんなに悪くはなさそうであります」

「よせ軍曹。俺は地獄でまでお前とは茶番をしたくない。だいたいお前は顔が割れてないんだからどうにかこうにか生き残れよ」

「難しいことをおっしゃる」

　軍曹は苦笑した。まだ自分に戦わせますかという顔だ。それは俺もいいたい。しかしこの期に及んで上からの命令は新王都を防衛せよ、それのみだ。外交的な交渉までの時間稼ぎと信じたいが、外交の状況情報なんて俺のところに来るわけもない。

まあ無理と理不尽が通るのが軍隊だ。命令なんだから戦いますよっと。しょうがない、しょうがない。

「それで、まだ悪戦を続けるとして、どうなさるんで？」

「決まってるだろ」

俺はせいぜい偉そうにいった。兵隊というものは超然とした指揮官にこそ忠誠を捧《ささ》げる。

「もう勝ったつもりの敵に教育をして、それから陣地放棄だ。迂回《うかい》してる連中に、戦争が簡単でないことを教えるぞ。機動防御で新王都を守る」


俺は昼の内に寝ておけと部下に命令をした。敵の突撃はない、とするなら正面に陣取る意味もない。どうせ敵からは、俺以外なんていないも同然に見えてるだろうから、少々の小細工くらいどうということもない。

それで、部下を下がらせた。俺は最前線で体操し、たまに岩に当たらないように走って逃げた。

そのうち夕方になり、夜になる。敵は夜通し巨石を飛ばしてくるようだ。昨日までと同じ。交代させながら、とはいえ魔導師の無駄遣いもいいところだ。あれで俸給貰《もら》っているんだから、ウケる。

「大尉、大隊の残存兵二一五名。戦闘準備が整いました」

先任軍曹《ファースト・サージエント》が憎たらしいほどの下士官ぶりで敬礼していった。俺は苦笑して答礼する。

軍曹の後ろには二〇歳以上の兵士が揃《そろ》っている。一九歳以下は俺だけだ。俺がそう決めて二〇歳以下は撤退させた。あと四〇歳以上、ならびに女性、傷病兵も後退させた。それが俺の、戦争を続ける条件だった。

俺は精一杯、偉そうに口を開いた。

「昨日から変わってないな。軍曹、脱走者はでておらんのか」

「はい。大尉。誰もが地獄または故郷に帰ったとき、大尉と一緒に戦ったことを自慢したいと熱望しております」

「そうか。ろくでもない国に生まれたと思っていたが、そうでもなかったな」

俺は笑うと大隊どころか中隊規模を割っている二一五名の兵士に微笑《ほほえ》んだ。

軽口の時間は終わりだ。

「よろしい、ならば戦争だ。今日はたっぷり走るぞ」

「はっ」

全員が一斉に敬礼するのを当然のように受け入れて、俺は指揮杖《しきじよう》を持った。長い長い魔導師の歴史の名残だ。

「全員突撃兵賛歌《イエス、ライオン》を歌いながら前進。灯《あか》りは使うな、まだ走るなよ」

「はい、大隊長」

巨石の落ちる音を伴奏に、部下が軍靴を合せながら歌い出す。

〝弾雨来るとも吹雪《ふぶ》くとも〟
〝灼熱《しゃくねつ》の下、泥にまみれても〟
〝我ら突撃兵　心はただ朗らかに〟
〝前へ前へ〟
〝栄光へ向かって突き進め〟

〝悲しみ深く死が近く〟
〝地獄の足音　聞こえても〟
〝我ら突撃兵　心はただ朗らかに〟
〝前へ前へ〟
〝一歩でも前が名誉なり〟

見事に揃《そろ》って部下が歌い、実に楽しそうに先任軍曹《ファースト・サージエント》が合せる。
俺も鼻で歌いながら最前列を進んだ。
最初はそう、営所の庭で走りながら歌わされたもの。皆で並んで走りながら、何度も何度も延々と。こんなこと無駄だと思ったことを覚えている。

そんなことはなかったな。

死ぬほど歌わされたのには意味がある。歌っている間に、いつも通り戦うことができるようになる。こいつはそう、儀式みたいなもんだ。ただの人間が、兵士になるための。

敵は本当に油断している。遠くから俺たちの歌が聞こえているだろうに、特になにもしてこない。間抜けを通り越しての大惨事だ。これからその代金を取り立てに行くと思うとまったく楽しくなってくる。

殺しに行くのを喜ぶ一四歳ってのはどうなんだ？　まあ普通か。よく考えたら同期はみんな同じような連中だったわ。皆死んだけど。

〝悲しみ深く死が近く〟

〝地獄の足音　聞こえても〟

〝我ら突撃兵　心はただ朗らかに〟

まったくもってその通り。俺は右手を挙げた。部下は全員が酸素仮面を着用、洋刃を抜いて胸に当てた。格好《かっこ》つけているのではない。こうしないと前の味方に当たるのだった。片刃なのも自分を傷つけないようにするため。

昼間の突撃は槍《やり》が一番だが、夜となると勝手が違う。夜襲では長さはそんなにいらない。取り回しの良い方が有利だ。

気の利いた兵士が暗がりの中に消えていく。悲鳴は聞こえない。衛兵をうまいこと殺して回っているようだ。良い部下に恵まれた。

「敵陣まで三〇〇歩であります。大尉」

「よろしい、先任軍曹《ファースト・サージェント》。では教育の時間だ。魔導師攻撃に合わせ躍進せよ。501突撃大隊、突撃兵前へ」

「突撃兵前へ！」

全員が笑って一歩前にでた。

「敵に戦争の厳しさを教えてやれ」

俺は指揮杖《しきじよう》を振るって三〇〇歩先で火の魔法を使った。火とはいっても明るくもないし、火力もない。酸素と反応して広範囲に不完全燃焼させる呪文だ。夜襲にはこれが一番。

「かかれ！」

きっかり三分後、先任軍曹が洋刃を振るった。全員が突撃をする。叫んだりはしない。叫ばないでも我が大隊は突撃時の士気を保っていられる。これは、ちょっとした自慢だ。普通の部隊じゃできない。

走る音、首を掻《か》ききる音、また走る音。効率良く敵の殺害が行われている。足元に転がる敵兵の死体を避けつつ、静かに敵陣深くに浸透する。

「て、敵襲！」

最初の声が上がるまでには、一〇分ほど時間があった。その間俺と大隊は随分と深く斬り込んでいる。周囲が騒がしくなり、灯《あか》りの数が増え始める。

「ここまでだな」

「撤退ですか」

「いや前進だ。大隊、俺に続け」

俺は杖《つえ》を振るって巨大な火の球を出した。地上に太陽が現れたような、そんな風景が現出する。

投げる。爆発する。大爆発する。魔法の威力は距離の二乗に応じて減衰するので近距離になるほど威力が増す。おかげでこういうことになる。

人型の松明《たいまつ》が何百と下手な踊りを踊っている。俺はまぶしさに目を細めながら駆《か》け足開始。二発、三発と小規模な爆発を起こす。火をつけながら前進する。

人間松明が絶叫しながら襲いかかって来る。半分くらいは俺のところに届く前に焼け死んだ。残りは軍曹が斬り捨てている。最後の一人は俺が斬って捨てた。魔法ばかりじゃ消耗してしまう。

洋刃にしたたる血を無視して前に進んだ。戦場に似つかわしくもない女がいた。商売女か。見た目的に王国人らしい。占領されて無理矢理《むりやり》って感じじゃなさそうでよかった。

女は俺を見て、震えながらソフラン大尉と呟《つぶや》いている。はい。そうですよー。まあ手は振ってやらないけどね。

「非戦闘員は殺すな」

代わりに、そういっておいた。

「大尉、ああいう女がいるってことは」

「まあ、場所が場所だけに、一般兵士じゃ買えない価格だよなあ」

「上級指揮官がいそうですがどうします？」

「どうもこうも」

俺はまた地上に太陽を出現させた。放った。爆発した。大爆発した。茸《きのこ》のような雲があがる。

「突撃兵は一歩でも前が名誉なり、だ。続け。あえて上級指揮官を狙わないでいい」

「はい、大尉。大隊躍進！」

一回爆発すると直撃を喰《く》らった連中は炭化している。次に周辺の広い範囲で生焼け肉になる。さらに広い範囲で鼓膜が破壊され、破片が全身に突き刺さり、衝撃波で吹き飛ばされる。ここまでが危害範囲だ。俺一人でできることで、軍隊も部下もいらない。

ところが実際では、そのさらに外側で、混乱が起きる。大抵、敵はまず身を隠そうとする。指揮系統の断裂も起きる。燃える服や、やられた耳をおさえてのたうち回る。右往左往だ。で、そこに俺の部下、突撃兵たちが戦果を拡大するために突撃する。洋刃を振るい、あるいは突いて、俺の魔法の効果を最大化する。

その効果はおよそ三倍という。俺が二〇〇人焼き殺したら、部下は六〇〇人惨殺するというわけだ。常に魔力不足に悩む魔導師の使い方としては、それが一番効率がいいってことになっている。

敵が組織的に抵抗しそうな場所に火の球を投げつけ、部下に武勲をあげさせる。それが突撃兵を指揮する火属性勅任魔導師《ファイアーキングダムウイザード》の仕事ってヤツだ。

それにしても敵はほんとアホだな。斬り捨てながら敵兵に同情するのもどうかと思うがまあ仕方ない。同情される敵が悪い。

殺人するときの俺は、常にしょうもないことばかりを考えている。あまりに不謹慎だ。俺は頭がいかれたに違いないと軍医に相談したら、そういうもんだといわれた。誰だって人を殺すのを頭の中で拒否するから、それが普通なんだと。

それから俺は、存分にしょうもないことを考えながら仕事をすることにしている。思えば軍医にそういわれてからだな、俺の戦績が跳ね上がったのは。母国が滅ぶであろう今じゃもう、それが良いことなのか悪いことなのかも分からなくなった。俺はなんのため戦ってるんだろうな。

「軍曹、何人残っている？」

後ろの先任軍曹《ファースト・サージエント》が俺の横に立った。

「はっ。一三七名であります」

「結構死んだな。損耗率三割以上じゃ、士官学校なら落第だ」

「数にして一四〇倍、三万の敵に突撃して六割以上生き残ったんですから、そんなにへこまんでください」

「へこむだろ。自分の無能が悲しい」

「本気で悲しそうなのが大尉の凄《すご》みですな」

「なんか間違ってないか」

「まさか。なお、戦果ですが敵兵六〇〇〇、敵の高級将校多数殺害、高級将校の九割が魔導師であろうことを思えば、おそらく魔導師にも深刻な損害を与えています」

「そうか」

「心は、晴れませんか」

「晴れない。軍曹も知ってるだろ」

先任軍曹はため息をつきそうな顔で前を見た。

「そうでしたな。時々忘れそうになります。特に赫奕《かくえき》たる戦果を上げられたときには」

大隊は速度を上げていく。敵が夜襲の衝撃から立ち直ったら数で押されて負けてしまう。そうなる前に離脱をしないといけない。ここから先は一人も死なせない覚悟だ。

岩石を飛ばす魔導師が休んでいそうな最後方の小さなテント群に特大の火の球を飛ばす。兵士がどれだけいようと魔導師がいなければ戦果は限定的になるから、これは賢いやり方というやつだ。

敵陣突破してそのまま後方へ、街道沿いに走って行く。逃げるのではない。三万人を食わせるために大量の補給団列がいるはずだ。そいつらを焼いて、ついでに略奪しとこう。

○マクアディ被害者の会（1）

その日の夜も会議は続いていた。

有志諸国連合……つまるところ領土的野望を持つルース王国の周辺諸国……の高級将校が集って、一人の少年をどうするかについて、いい争うのである。そう、議論では、けしてなかった。

感情的な主張が重なって、連合の一角を占めるリアンの姫将軍など、この数日会議にもでて来なくなっていた。

「処刑だ。それしかあるまい」

姫将軍が居なくなったので一番の上座に座る青い軍服の将軍、ベリングス伯、オーガンが腕を組んでそういった。立派な髭《ひげ》を持つ軍人の鑑《かがみ》のような姿をした彼は、領地貴族としては伯爵位だが、軍人としての一代限りの法衣《ほうえ》貴族としては侯爵位にある。彼は息子も義理の息子も孫までマクアディ・ソフラン少年に殺されているから、それを主張するのは当然といえた。

マクアディ少年はいくつもの貴族家を滅亡においやったが、ベリングス伯家もその一つになるだろう。オーガンの歳《とし》では今更子供も作れまい。

虎のマクアディ・ソフラン。戦争の教科書を三度書き換えた軍人。四度目がないのは所属国が滅びそうなせいで、彼の才能のせいではない。

　虎に煮え湯を飲まされ、あるいは家族同僚を殺された大勢の将官が、頷《うなず》く。その数、三分の一。

「それはいかがですかな。彼ほどの力です。もし味方にできれば……」

　そう返したのは、参戦が一番遅かったメス家のイロウス氏だ。貴族ではない。だが、大金持ちではある。彼の持つ莫大《ばくだい》な金貨がなければ、この戦争は終わらなかったろう。彼は権益だけでなく、マクアディ少年の血筋も欲しそうであった。娘かなにかをあてがい。貴族になるつもりなのだろう。

　貴族とは、魔法を使える者をいう。一〇〇〇年ほど前の大帝国法典には簡潔にそう書いてある。この一文でイロウス氏は、どんなに金を稼ごうと貴族としては遇されていなかったのだ。

　イロウス氏の言葉に、オーガン将軍が反論している。

「なにをいう。やつがやらかした被害と損害を考えろ。助命など民草が納得するものか」

「あの、よろしいでしょうか」

　私はため息をついて発言を求めた。オーガン将軍は鼻息で私を吹き飛ばすかのようだ。

「なんだね中佐」

「は。マクアディ・ソフラン大尉の弁護人として、オーガン将軍の発言に異議があります。

帝国法では捕虜の虐待、処刑が禁止されておりまして……」

「法など！」

「法を守らせる立場の将軍がそんなことをおっしゃられるのはいかがなものかと思います」

「まったくだ」

横からイロウス氏がいった。オーガン将軍のこめかみに血管が浮かび上がる。私は内心でため息をつきながら、言葉を続けようとした。マクアディ・ソフラン大尉、あるいはマクアディ少年の弁護人として。

なんとも気が早いことに、有志諸国連合はマクアディ少年を捕縛したあと、裁判にかける前提で私を弁護人にしていた。茶番だ、と思いながら引き受けたのは少年が一四歳という本物の少年だったからだ。彼がどれだけの罪を犯したとしても、それは彼のせいではない。教育のせいだ。

オーガン将軍は机を叩《たた》きながら口を開いた。

「聞け。中佐。法で裁けるものには限度がある」

「確かに法では天災は裁けません。しかし、マクアディ・ソフラン大尉は人間です」

「あれが人間なものか！　あれは地獄の悪鬼だ」

その時だった。悲鳴とともに敵襲という声が聞こえたのは。

そこからはなにもかもがでたらめだった。

天幕の厚い布越しにも分かる光の爆発。次の瞬間には天幕が骨組みとともに吸い込まれ、次には吹き飛んだ。

私はなににぶつかったのか、それすら分からぬまま肩を砕かれてうめくことになった。空を見上げた瞬間、夜にあるはずもない太陽の姿を見て衝撃を受ける。瞬間、痛みを忘れた。

爆発が起きた。煙が吸い込まれ、次に爆風が来る。

私も貴族として魔法が使えるし、なんなら火属性の魔導師でもあるが、比較するのもバカらしいようなものだった。次の瞬間私は意識をたやすく手放した。

気絶していたのはどれくらいか。目を開くとそこは炎の渦、その中だった。可燃物の大体が燃えている。もちろん、先ほどまで人間だったものもだ。オーガン将軍の死体もイロウス氏の死体も、燃えていた。人の生焼けの臭いに吐き気がした。私が燃えていないのは、連絡用の馬を繋《つな》いだ馬房まで吹き飛ばされたせいだろう。馬の水桶《みずおけ》に、頭から突っ込んだせいだ。

遠く、炎に照らされた小柄な少年が見える。ふわふわの髪が、熱気を受けて揺れていた。

「マクアディ、あれがマクアディ・ソフラン」

私はオーガン将軍がいっていたことを思いだした。ああ確かに、太陽を法で裁くなど……。

一方で私は地獄の悪鬼とは思わなかった。地獄の悪鬼はあんなに悲しそうな顔はしない。私はそこに人の善性を見たような気がした。

「非戦闘員を殺すな」

ソフラン大尉は、そういって自らの魔法で作り出した炎の道を歩いて行った。

「失礼します」

彼に付き従う下士官が私に水で濡《ぬ》れた外套《がいとう》をかけてくれた。

「前線の方へ行かれるが良いでしょう。けして、我々の後など追わぬように」

それだけいって軍曹は駈《か》けだした。あれが滅び行く国の軍人の姿なのか。

そんなバカな、と思った。現実の話として、負けているのは我々だった。

○逃亡からの昔なじみ

俺は兵を走らせた。というか、俺も走った。敵が立ち直って追撃されたら、全滅する。俺の魔力もそんなにはない。

途中、補給部隊を見つけて略奪して、全員荷物は背嚢《はいのう》から溢《あふ》れんばかりだ。

「大尉、どうされますか」

先任軍曹《ファースト・サージエント》が大休止を与えてはどうかという顔で訊《き》いてくる。

軍隊において下士官のいうことは全部正しい。俺は頷《うなず》いた。

「一旦右手の森に入る。そこで大休止。しかる後に反転、山に戻る」

「了解いたしました」

まだ暗い森の中に入る。先任軍曹は猟師出身の兵を使ってあちこちに罠《わな》を仕掛けた。まあ、少しくらいの嫌がらせにはなるだろう。気休め、ともいう。

大休止の号令で兵たちがへたり込む。白い息を吐きながら地面に転がる者もいる。夜通し走って殴り合いもすればまあそうなる。

こういう時、士官の正しい対処というやつは、知らぬ顔で休ませてやることだ。目に余るなら下士官がどうかしてくれる。

俺は一人、木に背を預けたまま帳面に部隊の計算を書く。幼年学校で習った算数と基礎の数学は、存分に役立っている。というか、戦争が苦手で指揮の下手な士官は居ても許されるが、計算の弱い士官は許されない。これが軍隊の真実でもある。俺の場合は、学校に上がる前に兄からみっちり、特訓を受けた。ああ、あの兄には感謝しかないな。

計算終了。大隊定員が六〇〇人だから、今はその六分の一程度、一個中隊以下の戦力か。面白くない話だ。食糧は携行三日分が規定だが、今は四、五日分はあるだろう。敵の補給も派手にぶっ壊したが、こっちの補給もとっくに途絶えている。

さてどうするかな。いよいよ国も駄目そうだ。いや、とっくの昔に駄目だってことは分かっていた。それでも俺が戦うのはなんでだろう。それに部下を付き合わせることは？

「大尉、朗報です。夜間行軍で一人も欠けておりません」

朗報というか、ちょっとした奇跡を聞いた気になった。兵士というのはとにかくすぐに脱落する。真っ直《ま》ぐ《す》な一本道でも、歩いていると数名は簡単に落伍《らくご》する。だからこそ並んで行進するし、その練習をみっちりさせる。それだけではない。脱走には厳しい処罰を下す。俺だって何人もの脱走兵の処分を命じてきたし、見守ってきた。

「大尉？」

「いや、嬉《うれ》しいことだな。先任軍曹《ファースト・サージエント》、休み休みでもいいからもう少し敵から距離を取りたい。できるか？」

「兵が一日使い物にならなくなりますが、できます」

「それでいい。敵が追撃をしてきたとき、ことだ」

「はっ」

大休止というのは陸軍における休憩時間で、大があるからには小もある。どっちも、時間ははっきりとは決められていない。小休止はいいとこ五分一〇分、大休止は食事や寝ることができるくらいの時間だ。今の、夜明け前ならまあ二時間くらいは休みをやれるかな。

そこから再度、逃避行だ。

士官の俸禄《ほうろく》の中には兵の前で格好《かっこ》つけるための金が入っている。見栄《みえ》料と、本当に俸給の明細に書いてある。いつもは笑いの種なのだが、今日のような日はそれが恨めしく思える。

立って、立ち続けて平然としたふりをしないといけない。兵士とは大海に浮かぶ小舟のようなもの。下士官は船頭、そして士官は灯台だ。灯台は堂々としているほど、兵の遭難を減らす。

幸い、立ったまま寝る術《すべ》を俺は覚えた。覚えたくもなかったが、軍で俸給を貰《もら》っているとそんな芸も覚えるものだ。

だがまあ、立って寝るのはもう少し後だな。

「先任軍曹、下士官団を集めろ」

「はっ」

六〇〇人が一三〇人になっても組織立って動けているのは奇跡に近い。種明かしすると、俺の年齢が一四歳であることを格別に重く見た陸軍が、普通の三倍くらいの下士官をつけてくれた。

おかげで、この人数になってもなんとか回せている。普通なら組織立って動くことはできなくなっているだろう。若いってのもいいもんだな！　普段は嫌なことばっかりだけど。

集まってきた下士官は一二人いる。戦う前と比べて二人欠けている。軍法担当はともかく補給担当が戦死したのがつらい。

「先任軍曹《ファースト・サージェント》、略奪品で酒ばっかり持ってきてる者とかはいないだろうな？」

「一人二本といってあります。ですのでまあ、三本くらいは持ってるでしょう」

「しかし、よかったのですか？」

そう尋ねてきたのは、二〇歳の伍長《ごちょう》、イスランだ。近所のパン屋の兄ちゃんにいそうな、下士官にあるまじきぼんくらだが、意外に兵をまとめるのはうまい。あと、勇気だけはある。俺と同い年の弟がいるらしくて、俺に対してもなんか気安い。それで、陰で殴られているが気にしていないようだ。まあ、なんか思うところがあるんだろう。悪意とかそういうのではなく、信念とか、そういうのが。そうでもないと殴られたら態度変えるわ。普通。

同僚から殺意の籠った目で伍長が見られている。士官に口答えをしているように聞こえるんだろう。

「なにか懸念があるのか、伍長」

俺は、かばうようにそういった。伍長はそのまま口を開いた。

「突撃の時にへべれけじゃあ、困るでしょ」

「まったくだ。とはいえ、多目に持った食糧から酒を造られるよりは、いい。食糧の計算が難しくなる」

兵は、多目の食糧を与えられると、すぐ酒を造る生き物だ。これぱかりはどれだけ罰しても治らない。パンを噛《か》み砕《くだ》いて器に入れてほっとくと、酷《ひど》い臭いの酒ができる。腹を壊すこと請け合いだが、それでも、兵は酒をつくって飲もうとする。

まあ、俺が仕事中にしょうもないことを考えるのと同じようなもんだ。真面目《まじめ》に戦争やってるやつはイカレている。飲んだことはないけど酒でも飲んでないとやってられないという気持ちは分かる。

気持ちは分かるので怒る気にもなれない。ので、今回は酒の略奪を許した。

俺の説明で伍長は頷《うなず》き、引き下がった。

「伝書鳩《でんしょばと》は出しているか？」

「はい。念のために二羽飛ばしておきました。暗号が解読されていないといいんですが」

「ま、その辺は運だ。よろしい。下士官団も休め。俺も休む」

さっきの伍長、イスランは寝床を作ってくれた。樹《き》の洞をみつけてくれたってだけの話なんだが、風がないだけで天国だ。こいつ、俺のことを弟かなんかと勘違いしてるな。まあいいけど。

俺は外套《がいとう》にくるまって少し寝る。一時間くらいは寝れるだろうか。


夢を見ていた。八歳の頃の俺は、家における床の間というか樹《き》の洞、引っ込んで作られたアルコーブがなんでか大好きだった。理由は分からない。とにかく好きなのだった。お母さんとどっちが好きかと聞かれてアルコーブと答えて、本気で泣かれたことがある。親《おや》父《じ》に思いっきりひっぱたかれた。

思えばあれがいけなかったのかも。いや、そうでもないかな。よく分からない。意識が飛び飛びになる。寒いと目が覚め、また眠りに落ちる。アルコーブを思い出したせいか、なんでか記憶が遡る。

俺のところは貴族ではあったが、あんまり豊かな家ではなかった。

家族愛なし、一子全相続という上に大のつく領地貴族はいざ知らず、家族愛が人並みにある中小の領地貴族が数百年分家に分家を出していったらどうなるかというと、所有する土地は庶民と余り変わらなくなる。当然そこからあがる収益も同様だ。うちは、俺の生家はそんな当たり前の小貴族だった。家族愛が人並みにある方。いや、それでいいだろ。家族で争いたくないよ。

家族で争わない結果、我がソ〝ン〟フラン家はお母さんの世話するちょっと大きな家庭農園が、領土の全部だった。なんと家はうちのものじゃなかった。

そんな調子だからあと何世代かすれば、土地すらない領地貴族になってしまうだろう。それも時代の流れってやつか。んで、そこの次男である俺、マクアディに期待されていたのは、貴族の称号が欲しい商家のお婿さんになることだった。三歳離れた兄貴は幼なじみが好きすぎたので、必然美人の幼なじみのいない俺に期待があつまったわけだ。

ところが、失敗した。うまいことやってりゃ今頃うまいものを毎日食って、奥さんの機嫌でも取ってればよかったのに、俺はなんでか軍の幼年学校に志願してしまった。軍という職に意味もない憧れがあった。軍というものをなにもかも分かってはいなかったからこその憧れだ。実体を知ってたら、裕福な庶民がいくような学校に行って、女あさりをしていたろう。まあ、当時八歳の女あさりなんて、それはそれは、かわいらしいものだったろうけど。

先任軍曹《ファースト・サージェント》に起こされる。お目覚めですかといいながら手荒く起こすのが軍曹のやり方だ。俺は頭を振った。先任軍曹の優しさらしきものは、尻の下に敷かれて微妙に暖かくなった水筒の水だった。いや、顔を洗えるだけいいんだろう。

「速度は優先しないでもいい。脱落者がでないように移動を再開するぞ」

「了解しました」

敵に大損害を与えたあとに降伏すると、だいたい報復で大変なめにあう。これは軍隊の常識だ。なので降伏するなら遠いところの敵に行く。降伏するなら恨みのない敵の方へ、だ。

降伏。降伏か。それもいいかもしれないな。お国はいよいよ駄目そうだ。先任軍曹《ファースト・サージェント》にいえば、苦笑して四年くらい前には知っておりましたといいそうだ。まったくもってその通り。当時一〇歳だった俺を前線で使おうとか思うんだから大概終わっている。

しかし一〇歳の頃の俺に降伏するなんて選択肢はなかったなあ。思いつきもしなかった。がっかりだ。まあ過ぎ去った過去を思っても仕方ない。人間前向きが一番だ。今を考えよう。

寝返るにしても降伏するにしても時期を外しているんだよなあ。俺は軍服が破れるくらい勲章貰《もら》ってるから仕方ないにせよ、部下はなんとかしたい。生かして故郷に帰らせたい。上が無能だと下が苦労する。俺の無能が部下の苦難を招いていると思うと慚愧《ざんき》に堪えない。

一方で上に対しての怒りもある。あんだけ偉そうに俺に説教して、若いんだからという理由で権力を渡さない、出世もさせないとかやってたんだから、もう少しマシな終わり方をして欲しかった。軍も、国もだ。

森の中を歩き続ける。枝を踏んだ音、葉っぱを踏んだ音、草を掻《か》き分ける音。

軍隊は無数のお約束でできている。文章にはなってないけど守らないといけないルールだ。そのうちの一つは士官は部下の前でため息をつかない。上司の文句をいわない。がある。

俺はため息を押し殺し、あくびの真似《まね》をして気分を切り替えることにした。こちらは禁止されてない。

しかしこう、軍隊ってところはへんなところだ。子供の頃、家ではあくびをすると怒られたのに。

先任軍曹が俺に寄ってきた。

「大尉、追跡部隊が来ているようです」

「うは。森の中なのに？　すごいな。なんて勤勉なやつだ」

「まったくです。我々の教育の成果ですな」

「そうか、じゃあ仕方ない」

部下を見る。顔はだいたい土気色をしている。魔法の力がない平民が夜通し走ればそうなる。軍曹ですら例外ではない。戦いに勝ってもその有様は敗残兵のごとし、だ。戦闘をさせるのは無理そうだな。

「先任軍曹。ちょっと戦ってくる」

「一〇分ほど時間をいただければ、もう一戦できるまでにいたします」

「いや、いい。そのまま歩いててくれ。このまま真《ま》っ直《す》ぐだ。一時間で俺が戻らなかったら降伏、逃亡、好きな方を選んでいい」

先任軍曹《ファースト・サージェント》は俺を叱る目つきでみた。

「選んで良いのでしたら、あくまで大尉と一緒が良いのですが」

言葉にしょうもない響きがあって、俺は誤解を解くことにした。こういう時は、のんびりいう方が良い。

「大丈夫。まだまだ戦うつもりだから、自殺とかそういうのじゃないし」

「それならいいんですが」

「貴族の戦闘力は知っての通りさ。だから、部下を頼む」

「大尉は……」

「うん？」

先任軍曹は背筋を伸ばして敬礼した。

「いえ、承知いたしました。誓って一人も欠けず、大尉の元へ馳《は》せ参《さん》じます」

「そうだな。敵に追われてるからって無茶《むちゃ》はさせないでくれ。命を賭けるタイミングは俺が決める」

「はっ」

それで俺は、一人で敵を迎え撃つことにした。

　別にどうということはない。戦果を極大化するのに兵士は使うが、別に戦果を拡大する必要がなければ魔導師だけでいい。追っ手を蹴散らす、だけ、とかなら魔導師だけでいいわけだ。

　大昔みたいに火力投射までに長い時間がかかることがないから、魔導師単独でもなんの問題もない。

　身体《からだ》を巡る魔力のせいで、疲れも一〇倍くらいはマシになっているしな。

　魔法を使える者を貴族と呼ぶ。かつて二つの大陸に亘《わた》って広がっていて、俺たちの文化の礎になった帝国法の一番有名な規定だ。今もほぼ全部の国でその法は生きている。それを可能にするぐらい、魔法を使える人間は強い。

　なんだけど。あの伍長《ごちょう》じゃあるまいし、どうも先任軍曹は心配したがる。困ったもんだ。俺も一四歳なんだけど。

　ぶつぶつ文句をいいながら散歩する気軽さで森を歩く。来た道を戻る。貴族はいつから心配される立場になった。貴族っていえば普通は恐怖と畏敬の対象なんだけど。

　恐ろしい話。大昔、初期の帝国法では魔法を使える者を人間と呼ぶ。と書いてあったらしい。怖い話だ。その理屈だと俺の父さんは人間じゃなくなる。さすがに昔の人もバカな規定だと思ったのか、今の形に落ち着いた。それでもなお、貴族と普通の人間には隔絶した力の差がある。

それにしても勅任魔導師になった直後は、一人で小便するのも怖かったものだ。暗がりからでてきて首を斬る。そういう少数民族《エルフ》がいると聞いていたからだ。

今はもう怖くはない。知識は恐怖を遠ざける。

魔法は距離の二乗にあわせて減衰するから、狙撃も怖くない。

それにしても先任軍曹《ファースト・サージェント》め。俺が部下を置いて自殺するような人間だと思ったのか。バカな話だ。殺人も放火も条件を守れば軍法のもとでは許される。しかし部下を捨てて士官が逃げることは許されない。即座に階級剥奪《はくだつ》の上処罰されること間違いなしだ。

俺たちを追跡している敵は思ったより間抜けらしく、まだ会敵できてない。あんまり歩くと合流の時大変だし、足を止めて待つかな。

腕を組んで、敵がでるのを待つ。

あ。来た。

木々をくすぶらせながら姿を見せたのは、四頭二匹のヘルハウンドだ。大きさは牛ほどもある。牛ほど可愛《かわい》い顔はしてないけど。炎を纏《まと》い、炎の息を吐く頭を二つ持つ犬に似た生き物だ。

「火属性のお前では火属性のモンスターには勝てまい。これでお前は終わりだ！　マクアディ！」

目を細めないと見えない距離で喋《しゃべ》ってきたのは知り合いの敵だ。リアン国のへっぽこ魔導師。一流二流でいくと七流くらいのやつだ。正直、俺の母さんよりちょっと劣るくらいの魔力だから、たぶんギリギリクッキーを焼けないくらいだと思う。それでよく、ヘルハウンドなんて使えるもんだ。術師は別に隠れているんだろうな。使役魔導師《テイマー》か。俺は好きじゃない。魔法を使わないと生き物を自由にできないというその精神が気にくわない。

「なんか喋ったらどうだ！　命乞いをしろ！」

遠くから声がかかる。

俺は肩をすくめた。

「お前相手に大声出したくないんだよ」

「聞こえんぞ！　マクアディ・ソフラン！」

はいはい。そうですよー。まあ手は振ってやらないけどね。

ヘルハウンドが炎を吐いた。俺は両手で同時に魔法を使用した。先に空気を燃焼させて炎を打ち消す。

そのまま前進して怪しそうな茂みを二、三カ所焼いた。テイマーが一人、炎に転がりながらでてくる。すぐに全裸になれば生き残るかもしれない。

俺は二歩下がる。矢が地面に刺さる。ヘルハウンドがまた火を噴く。火属性魔導師を殺すなら手数を用意するものだ。敵はリオンの教条通りに動いている。バカだな。通り一遍の教条なんか敵に利用されるだけだぜ。

戦争では創意工夫こそがものをいう。それが戦いの極意というやつだ。同じことを繰り返す軍人はどんな敵攻撃より簡単に部下を殺す。

ヘルハウンドは俺に噛《か》みついてくる。それくらいの距離になった。

良い頃合いというやつだ。俺は魔法を使った。ヘルハウンドが相次いで倒れる。

不完全燃焼の魔法を使ってやつらの周辺の酸素を一酸化炭素に変えた。こいつのいいところは無味無臭だということだ。本物の犬でも面白いように引っかかる。

俺は前進した。本来なら矢が山になって飛んでくる計画だったんだろうが、弓兵も意識をなくしている。あの魔法の欠点はそう、無差別なことだな。

さっきとは別のあやしそうな茂みに、やはりテイマーが五、六人いた。皆倒れている。

俺に文句いってたへっぽこ魔導師もぶっ倒れているな。まあなんというか、ほんと、これくらいの魔力で戦場にでてくんなよ。幼年学校で教わったろうが。

さてどうしようか。

付近の木が切断されて倒れてくる。俺は二歩動いて回避した。風、ではない。かすかな飛沫《しぶき》を感じた。水だな。

「なんだなんだ。一人の魔導師を倒すのに何人魔導師をつかう気だよ。無駄遣いにもほどがあるぞ」

「黙れマクアディ」

声が聞こえてきた。足元でぶっ倒れているへっぽこ魔導師とは違う、女の声だ。

あまり遠くない処《ところ》から侍従を連れた姫将軍がでてきた。姫っていうと貴人の娘の他にもう一個意味がある。小さい。そう、この姫将軍は実際リアン国の王女でもあるが、それ以上に、ちっさい。

「なにか喋《しゃべ》ったらどう？」

「ああ。すまん。ちっさくて気づかなかったわ」

連発でなんでも切断する水の魔法が襲ってきた。その魔法には問題がある。射程は五歩かそこら。指先からしか発動できない。だから指先の動きさえ見ていれば避《よ》けるのはわけない。ちっとも実用的じゃないな。なんだこの魔法。

「なんなんだよ今日は。知り合いばっかりだな。説明してくださいよ。ムデンさん」

姫将軍の横に立つ侍従の渋いおじさん、ムデンさんはため息をつきながら腕を胸に当てて挨拶した。

「お久しぶりでございます。マクアディさま」

「さまなんていらないですよ。ムデンさん。んで、このバカと、このちっさいのはなに？」

「また小さいっていった！　いった！」

だいぶ殺意の高い攻撃が飛んでくる。ははは。こやつめ。俺一人じゃなかったら殺してるぞ。

「申し訳ありません。マクアディさま。どうにもわたくしが至らず、姫をお止めすることに失敗しまして」

「エメラルドはいい出したら聞かないからな。いや。一国の王女がそれでは駄目だろ。反省しろ」

「誰が！」

リアンの姫将軍、エメラルド・リアン・リアンガはそこにぶっ倒れているへっぽこと同じ、俺が通ってた幼年学校の同期だ。昔はリアンと我がルース王国が仲が良い時代もあったんだ。まあ、ルース王国が敗退したらリアン国は同盟から脱落してこっちに攻撃始めたんだけど。

エメラルドは、長い髪を自らの指で弄んだ。

「で、でもまあ、私の名前をいえたことは褒めてあげるわ。ふわふわ髪のマクアディ」

「なんだとちっさいくせに」

「またちっさいっていった！」

エメラルドは、歳《とし》の割に背が低い。俺と同い年なのに並ぶと妹みたいに見える。そしてそれを、ものすごく気にしていた。後輩に見えるのがイヤなんだとか。今も気にしているらしい。

「ムデンさん。こいつと話をしても埒《らち》があきません。説明してください。こいつが死んだ

らどうするんですか」

「申し訳ありません。マクアディさま。しかし、マクアディさまなら、どうにかなさると考えまして」

「過大評価しすぎですよ」

ふむ。

ちっさいのとへっぽこは置いといて、ムデンさんは先任軍曹《ファースト・サージェント》並みに信用できる。つまり疑うこと自体が罪だ。それでいて彼は直接には俺に用件を伝えたがらない。察しろといってきている。つまりは用件を口にすることすらはばかられるということだ。ムデンが侍従であることを考えると、エメラルドは軍規か軍法、あるいはその両方に触れるようなことをやろうとしているのかもな。

俺に水の魔法を当てることを諦めたのか、エメラルドは俺を短杖《たんじょう》で差した。指ささないあたりは王家の教育を感じる。

「降伏しなさい。マクアディ。もうルース王国は終わりだわ」

「いわれなくても知ってるよ。それくらい」

「じゃあ」

ため息をぐっとこらえる。ため息をつくと幸運が逃げると母さんがよくいっていたものだ。

「エメラルド、ばか。そんなことというためにそこのへっぽこと来たのか。ばか過ぎだろ。すぐ帰れ」

「ばかはアンタ！」

あ、やっぱだめだ。俺は盛大にため息をついた。エメラルドは涙目だ。

「死ぬのよ、死んじゃうのよ」

「死ぬのも仕事なんだよ軍人は。習ったろ」

エメラルドの大きな瞳から涙が零《こぼ》れそう。それで俺は、若干早口になった。

「というか、あのな。俺が降伏したとしても、単に処刑死が待ってるだけなんだよ。今なら多分拷問もついてくる。さらし者にもされるかもな」

「そんなことは……」

エメラルドは不安そうな顔でムデンさんを見る。小さい頃からの、こいつの癖だ。

「確かにそういうこともあるかもしれません」

「じい！」

「しかし。小国ながらリアン国あげての最大の努力はいたします。マクアディさま。ルース王国の英雄ではなく、姫さまの友人として、です」

それにこそ最高の価値があるとしてムデンさんはいった。

「わたくしも、このまま戦い続けるよりはマシだと考えております」

俺は軽く頭を下げる。

「ありがとう。ムデンさん。しかし、でも駄目です」

「なんで!?」

横からエメラルドが入ってくる。こいつが入ると話がややこしいので黙ってて欲しかったんだけど。

「国をあげての努力の中にはエメラルドが不利になるのが入っているでしょ」

「そうですな。姫様の大国への輿入《こしい》れと国王退位、新王即位の恩赦を狙っておいでです」

頭がくらくらする。バカだなエメラルド。

「俺のために国をどっかに乗っ取られるって？　バーカバーカ」

俺はエメラルドの頭を撫《な》でた後、ムデンさんに押しつけた。

「俺にそんな価値はありませんよ。お断りします。こいつは……エメラルドは幸せになるべきだし、エメラルドのお父さんが退位するなんてとんでもない。あと、こいつらを戦場に連れてこないでください。絶対に。こいつには今の立場があって、俺と話すだけでもかなり危険なはずだ」

暴れるエメラルドを余裕で抑えながらムデンさんはなんとも悲しそうな顔をした。

「マクアディさま」

「はい」

「わたくしも、時に思うのです。我が陛下と同じように。子供なのだから、と」

「子供にも友人がいるんですよ。じゃあな、エメラルド。二度とその顔を見せるな」

なんなら俺を無理矢理《むりやり》拉致しようとしたんだろうが、火属性魔導師が普通苦手とするヘルハウンドくらいでは今の俺を止められたりはしない。まあ、ヘルハウンドが意識を取り戻して俺を追跡するまでに時間はかかるだろう。それまでに逃げればいいだけだ。

俺は離れる。

ムデンさんに抑えられながら、エメラルドは大泣きしていた。まるで俺が悪いみたいで、大層気分が悪い。

○マクアディ被害者の会（2）

私を助けたのは、前日、会議の進行に怒り狂って席を立ったリアン国の姫将軍だった。姫は小国ながら王女、場では最上位だが、国力では立場が弱いことからずっと黙っておられたが、その日はメス家の者がいないことをいいことに、どんな処刑がよいか話合いが進むうちに、戦いも終わってないのに話が早すぎると、怒って去っておられたのだった。

その怒りは深く、一度は陣まで引き払って遠くに移るまで行った。

それが、良かった。結果として、マクアディ・ソフラン大尉の攻撃からリアン国の軍勢は損害を出さずに済んだ。

リアン国としてはほら見たことか、というところだろうが、表面上は連合軍の一員として完璧に振る舞った。つまり、生き残りの救護と残兵の収容支援をはじめたのだった。大した手際だと思う。

私は傷の痛みで目を覚ました。医療兵は必死に手当をしてくれたそうだ。砕けた肩の骨を苦労して繫《つな》ぎ直して固定したとのこと。意識を無くしていてよかった。意識があったら、どんな痛みを受けていたものやら。

私は立場のせいか、一人、一つの天幕を与えられた。野戦軍に派遣された中佐の身としては破格の扱いだ。恐縮しきりだが、リアン国としては致し方ないことだったのかもしれない。なんとなれば、会議参加者で生き残ったのは私だけ。何故《なぜ》リアン国だけが無傷だったのか、証明できるのも私だけ、という状況だった。

「ご加減はいかがですかな。殿下付きの医官ゆえ、腕は確かかと思いますが」

そういって姿を見せたのはムデン王女宮侍従長だ。そつのない動きゆえに、現役の軍人にしか見えない。

私は寝台から身を起こしたまま、肩を固定され、腕を吊《つ》った姿で頭を下げた。

「はい。黒曜石の短剣のおかげで、傷跡も心配ないとか」

「それはよろしゅうございました」

「ありがとうございます。あの……外の状況は」

「高級士官の損害だけでいけば七割を超えています。普通に考えれば一〇年単位で補充にかかりそうですな。下士官、兵についていえば兵三〇〇〇〇に対して、損害は現時点で八六〇〇。うち、二〇〇〇名は脱走でしょう。勝ちが見えたこの状況でこの脱走兵ですから、さすがは虎のマクアディ。おっと、失言でしたかな」

「いえ……彼の武威は、噂《うわさ》通り、いえ、噂以上でした。我々の慢心は……あったにせよ」

「そうですな。わたくしも、少しばかり驚きました。あのマクアディ少年が……と」

私が驚いた目で侍従長を見ると、侍従長はいたずらっ子のように微笑《ほほえ》んだ。

「いっておりませんでしたかな。わたくしは、幼年学校時代の彼に剣術を教えたこともあったのです。本気で育てようとしたので、何千回と殺しかけましたが」

優しい微笑《ほほえ》みだった。ああ、この人物はマクアディ少年を今も可愛《かわい》がっていると確信した。その、殺しかけたというのが可愛がりというのは、まったく理解できないけれど。

私は痛みを忘れて、侍従長に話をせがんだ。

侍従長は苦笑すると、遠い目をする。心はきっと、過去に飛んでいる。


幼年学校に入ってこられて、異国の友人ができ、私が剣を教え始めてしばしから、彼は頭角を現わしました。ずっと隠していた力を、友人ができたことでうっかりみせるようになったのでしょう。その才は隔絶していたように思います。

と、申しますのは過大評価のしすぎでしょうかな。

才とは魔法の才だけではありません。剣術もさることながら、マクアディさまは、以前から年長者の言葉によく耳を傾けておられました。同じ年頃の方とはそこからして違いました。子供時代というものは……大人が優れているとは、少しも思わない時期なのに、ですな。

さりとて、聞き分けのいい子かといわれると、そういう風でもありませんでした。つまるところ、大人の言葉を吟味するだけの知恵があった、ということでございましょう。そして正しいなら受け入れる度量もあったということです。

おそらくは、なにが正しいのか判断して、正しい道を選ばねば相当苦労する。そういう幼少期を送ってこられたのでしょう。その魔力量とあわせて考えて見れば、複雑な出自があったのだと思います。

「複雑、ですか」

私は身を乗り出して尋ねた。

「はい」

「よろしければ教えてくれませんか」

「それは裁判にお使いになるものですかな」

片目を開けて、侍従長はそう尋ねた。私は大きく頷《うなず》く。初めて彼を、マクアディ少年を少年として扱っている人物を見つけた気がした。

「はい。必ず弁護の役に立てると思います」

「なるほど。ではお話ししましょう」

侍従長はゆっくりと話を始めた。

「これは、幼年学校では公然の秘密ではありましたが、マクアディ・ソフランは下級貴族の血筋ではありえぬ保有魔力量を誇っていました」

魔法の力の源である魔力は先天的に決定し、後天的には僅かにしか伸びない。だからこそ、歴史の必然として強い者が権力を握る、魔法を使える者が貴族化する。しかし……。

「マクアディ少年は、その出自が下級の騎士の家だと聞いています」

「はい。しかし、実際には……体験された通りです」

そう。それはそうだ。あんな魔力の持ち主は二つの大陸を探しても何人といないだろう。

「血筋に、その、複雑なものがある……大貴族か、王族の胤《たね》と？」

「どこの、までは分かりませんが。あの魔力量を見れば一目瞭然でしょう。そのせいで家族とはあまりうまくいってなかったように思います。幼年学校に行く時に見送りに来たのがお兄様だけだったと、よく話しておいでででしたから」

「……そう、ですね。我がニクニッスとルース王国を直接比較するのは適切ではないかもしれませんが、軍の幼年学校は狭き門、下級貴族であるなら合格者がでたのであれば一族郎党総出で見送ってもおかしくありません」

「はい。それが普通に思います」

私は推理する。

「彼はルース王国の血筋……でしょうか」

侍従長は頭をゆっくり振った。

「わたくしはそうは思いません。マクアディさまは最初、幼年学校で大変に苦労をしておいでした。あのような愛らしい顔立ちでしたから、いじめも相当であったように思います。ルース王国のお血筋でしたら、ああはならなかったでしょうし、教官たちも配慮していたでしょう」

「つまり、ルース王国以外の血筋……。なるほど。分かった気がします。彼が一〇歳で最前線に送られ、転戦し続けた理由が」

「はい。彼はまず、生き残らねばならなかったのです。戦って、でも」

生まれは彼のせいではないだろうに。それで一〇歳で戦場に送られて今に至る。肩が痛んだが、私はそれを無視した。悪いのはマクアディではない。彼をその立場に追い込んだ者たちがいる。

「酷《ひど》い、話ですね……」

私が今いえることはそれだけだった。

○山岳師団をぶっちぎり

俺が小走りで大隊に戻ってくると、先任軍曹《ファースト・サージェント》がすぐにも突撃しそうな構えで俺を出迎えてきた。

「あれ、あんまり前進してないな。なにかあったか」

「お帰りが遅いので救出作戦を行おうとしておりました」

「必要ないといったろ？　あー、それにしても酷《ひど》い目にあったよ」

軽い調子でいうと、軍曹は表情を和らげた。

「また戦果を積み上げられましたか」

「ヘルハウンドを見たよ。まあ、意識は刈り取ったけど、追跡に使われても面白くない。うまいこと逃げよう」

「承知しました」

ヘルハウンドだろうと軍用犬だろうと、対処は同じだ。臭いをどうにかしてしまえばいい。川の中をしばらく歩くか、別の臭いで嗅ぎ出せないようにするか。

調子良く近くに川があるでもなく、俺は臭いで臭いを誤魔化《ごまか》すことにした。背後にある森を、燃やした。

指揮杖《しきじょう》を振って落ち葉が燃えるのを確認すると、俺は軍曹たちをみた。

「よし、じゃあいくぞ」

「魔力のほうは大丈夫で？」

今から一〇〇年ほど前、とある魔法学者が血の中に混じる魔法を使う力を魔力と規定して呼び始めた。それまでぼんやりとしていたものを定量化しようという試みは、すぐに軍隊が採用して使い始めた。

本来はその、魔法学者の名を取って魔力量のことをボクラン・モンクドット数と呼ぶのだが、正直誰もそんな名前を使っていない。長い、からだった。軍隊というものは言葉を惜しみすぎるきらいがある。

「大丈夫。大して使ってない」

最大を一〇〇とすれば今は七〇くらいだ。大会戦をやらかすでもない限りは大丈夫だろう。

「まったく、大尉の力は底が見えませんな」

「上が生かせなければ余り意味はないけどな」

どれだけ戦術的大勝を重ねたところで、それが戦争の趨勢《すうせい》に影響を与えていない。それが、我がルース王国軍の実相だった。まったく困ったもんだ。俺が一勝しても他で三敗すれば全体としては敗北の道、まっしぐらというわけだ。

「先任軍曹、ヘキトゥ山までどれくらいだ？」

「強行軍で今日の夜には」

「いや、それには及ばない。山地で迂回《うかい》部隊と戦うから、少しでも兵を回復させてやってくれ」

「了解しました。歩調を調整致します」

「そうしてくれ」

ああ。しかし先任軍曹《ファースト・サージェント》と話して安らぐことがあろうとは。がっかりだな。それもこれもあのちっさいのとへっぽこのせいだ。

まったくもって腹立たしい。裏切ったのなら裏切り者らしく、動くべきだろうに。

憂鬱なのは祖国が亡《ほろ》びることだけで十分だ。それ以上は勘弁して欲しい。

小休止、大休止を織り交ぜながら行軍する。小休止は遅れているヤツが合流するまで待つ程度の時間だから、あんまり休んでいる感覚はない。それでも軍曹的には、優しさ多めなのだろう。

二列縦隊で先頭は俺と先任軍曹だ。通常はもう少し後ろなのだが、士気の関係上、一番前を歩くことにした。俺が一番前を歩く、それだけで兵の気持ちは変わる。兵という者は繊細だ。兄さんのお腹《なか》の調子みたいだ。

「先任軍曹、敵の迂回部隊はどの辺だと思う?」

「我々と戦わないようにしつつ、王都は制圧できる規模、となると、最低限一個旅団はいるでしょう」

「連合はどの国も旅団という編成単位そのものを持ってないよな。となると、一個上の師団かな」

「山岳師団を用いていると思われます」

「山岳師団かあ」

山岳師団というのは山地で戦うことを想定して編成、訓練した部隊だ、配属されている魔導師も陸軍の主力ともいえる土属性魔導師は配置されておらず、主として俺と同じ火属性魔導師が配置されていて、その数も少ない。つまり、一般的な常識に沿っていうと、攻撃力は弱体だ。定数も普通は一回りほど小さい。

普段は山間部を警邏《けいら》しているのが主たる仕事なので、それで十分、ということもあるが、人数が多いと補給に手間がかかりすぎるのだろう。山地への補給が困難なのは、身を持って実感している。

その上、向こうは山での戦いこそが専門だ。普段の任務の関係上、少人数での戦いにも慣れているから結構やりにくい。

どうやって戦ったもんかな。というか、ここで終わり、お国もここまでか？

いや。それはそれで面白くない。終わりは来るし、それは近い。でもそれは、今じゃないはずだ。

「味方が動いてくれればいいんですが」

「期待するな」

「はい」

先任軍曹《ファースト・サージエント》をたしなめて、歩きながら考える。考えることは士官の仕事だ。戦争は創意工夫こそがものをいう。敵の有利を潰しつつ、こっちの強みを生かさないといけない。

問題はそれを、思いつかないことだな。そもそも敵が山岳師団を複数投入していると、もっと危ない。俺が戦っているうちに他の部隊が新王都になだれ込む。

考えるほどにいよいよ駄目かという気分になる。エメラルドに泣きつけば良かったとは露ほども思わないが、泣いているあいつの涙くらい拭ってやれば良かったか。いや、それも駄目だな。もっと悲しませてしまいそう。

「大尉、今日はこのあたりでいかがでしょうか」

「分かった。野営の準備を」

気付けば日は傾いている。暗くなってからだと、野営の準備は極めて難しくなる。追跡部隊に捕捉されたくない関係で火を使えないからだ。

木々に隠れて野営を行う。寒いはずだが不満はなさそう。木の陰に隠れて、毛布にくるまって寝る。兵は普段から丸めた毛布を身体《からだ》に縛って行軍しているから、特に困ることはない。

「酒を持たせたのは正解ですな。大尉」

「先任軍曹も休んでおいてくれ。明日は楽ではない」

「今日も大概でしたが、了解しました」

山岳師団をどうやっつけるかを考える。まとめて正面からでてきてくれたら一撃なんだけど。敵は当然それを嫌がって隠れるよな。いっそ山ごと燃やしてしまおうか。それもなんだな。

眠りに落ちる。起こされる。今日は曇りだ。初雪が降るかもしれない。エメラルドからの追っ手はない。良かったと思おう。

「先任軍曹、俺の構想を述べる。下士官団を集めてくれ」

「はっ」

集まってきた下士官たちに、俺は寝るまでに考えたことを述べる。

「昨日考えたんだが、小分けにされた山岳師団とうまく戦う手段は思いつかなかった」

下士官団は微動だにしない。嫌な顔すらしなかった。

「まとめて正面から平地で戦うのであれば、相手が二個師団でも簡単に勝てるんだ」

「はっ」

「よって、遺憾ながらヘキトゥ山での防衛を断念し、後退する。山から下りれば新王都はすぐだ。そこで迎え撃つ。この構想に意見はないか。というか、一四歳のガキの意見なんだから、問題あったら良い感じに指摘してくれ」

下士官団を代表するように先任軍曹《ファースト・サージェント》が口を開いた。

「良い考えだと思います。なにより補給が容易であります」

俺は苦笑した。もう少しいい褒め方はないのかと思わなくもないが、なにもしないよりはいいだろう。

そのまま、新王都に向かって進軍する。食糧を捨てて真《ま》っ直《す》ぐ急行しようかとも思ったが、やめた。事情が変わる、なんてことはいつでもどこでもある。味方の補給があるかも怪しい今、思い切ったことは避けたい。

そうなると、気になるのは敵、山岳師団の動きだ。今こうやって一歩歩いている時も、敵は王都に向けて歩いているだろう。こっちは道まで合流すれば速度が上がるが、相手は迂回路《うかいろ》、王都までの競争、ということになるな。

味方が戦って善戦してくれているのが一番望ましい。時間稼ぎさえしてくれれば、やりようはいくらでもある。

問題は……ルース王国にそれをやってくれるだけの味方がどんだけ残っているか、だ。滅び行く国に殉じようとする将兵が。

我がルース王国は、古い歴史のある国だ。くちさがない連中の言葉を借りると、歴史しかない国だった。それ故に段々と小さくなりながらも独立を保っていた。

小さくなっていったのは、別に戦争のせいではない。うちの家と同じで分家をどんどん独立させていたからだ。つまるところ王家にも人並みの愛情があったんだろう。結果として大量の分家ともいうべき兄弟国を両手の指に余るほど作って、今に至る。エメラルドがいるリアン国もその一つだ。

これは悪いところもあったが、良いことも多かった。一つは婚姻で、王家の強い血筋が……つまるところ魔力の高い血が……今に至るまで続いた。もう一つは婚姻を繰り返して外交的に攻めにくくなっていたことだった。元を辿《たど》ればだいたいルース王国、という血統が、国を長生きさせた。

風向きが変わったのは俺が生まれる二〇年前くらいのこと。当時の王が、軍事費を一気に減らした。もう何十年も戦争していないし、いいよね、という判断だったらしい。ところがそれが良くなかった。

軍事力が弱くなってそこを周辺国から狙われた、というわけではない。それに至るまでにもう一段階ある。軍事費を削った結果、ルース王国は空前の経済的繁栄をしたのだった。

削った軍事費で浮いた金を使って、公共工事、中でも街道を整備したのが大繁栄の理由だ。ルース王国は歴史が古いのと分家が多い関係で街道の起点になっていることが多い。

この街道が良くなって商人たちの行き来が増大し、税収がうなぎ登りになったのがいけなかった。周辺国は自分たちが軍備を担当し、それで浮いた金で儲《もう》けていると文句をいい、文句は反発と対立になって、最後は戦争になった。

六〇〇年くらい続くルース王家の親戚付き合いも、金には勝てなかったというわけだ。

それで商人たちが便利に使っていた街道を、敵国の軍隊が便利に使って攻めてきた。我がルース王国は、当時金だけはあったから、それで傭兵《ようへい》を大量に雇い入れて、これで対抗しようとした。まあ、対抗できなかったんだけどね。


昼過ぎ。大隊はヘキトゥ山についた。元の場所に戻ったというわけだ。離れていたのは数日だが、敵は陣を引き払って撤退したか、あれだけいた敵は姿も見えない。僅かに遺棄され、燃やされた天幕やら物資やらの焦げた臭いがするだけだ。

敵の撤退も致し方なし。高級将校と魔導師、補給線に大きな損害がでたんだから仕方ない。その三つがなくなると、どれだけの数の軍でもまともに戦うのは難しくなる。敵の兵は大勢残したし、このあたりじゃ略奪する場所もないから、敵はさぞ難儀するに違いない。

というか、滅び行く国とはいえ、ルース王国をバカにしすぎた。

朗らかに笑ってやろうかと思ったところで、エメラルドが困る可能性に思い当たった。嫌な話だ。それで笑えなくなって、まっすぐ道を上ることになった。山岳師団も補給不足で後退とかしてくれんかな。

俺は不安を先任軍曹《ファースト・サージェント》に向けて口にした。

「ここらの山村の撤退は進んでいるだろうな、先任軍曹」

今を去ること一〇日くらい、そういう指示は出した。が、その後は知らない。

軍曹は口を開いた。

「はい。大尉。可能な限り呼びかけはしております。が、呼びかけを無視したところがあるかもしれません」

「そいつらが悲惨なめにあっている可能性はあるか」

「酷《ひど》いことになっているでしょうな。山岳師団も霞《かすみ》を食っているわけではありません。ただ、お気になさることはないかと。彼らは自分の選択を誤っただけです」

「そうなんだけどね」

おっといけない。士官ぽくない喋《しゃべ》り方だった。まあ、村を助けて王都を守れなかったでは軍人として失格だ。見捨てるというか、こっちの勧告が守られていることを信じよう。

いや、信じたい。

俺は重々しく頷《うなず》いた。

「そう信じるしかないか。もう少しだけ山を移動しよう。向こうから仕掛けてくる可能性はあるかな」

「あります。我々の規模は現在中隊以下です。敗残兵とみられる可能性は十分あります」

「そうか俺はともかく、誤認の攻撃でこれ以上部下を死なせたくはないなあ」

少しでも距離を稼ぎたいと思ったが、山で戦闘になると負けるとはいわないにしても部下は確実に減る。

「麓で一泊されますか」

俺の考えの間違いを諭すように先任軍曹《ファースト・サージエント》がいってきた。軍隊の心得一の一、軍曹がそういったら、その通り。

「そうしよう。山登りは体力がいる。今日はゆっくり休ませよう。敵から逃げている訳でもないから、炊事のための焚《た》き火《び》も許す」

「了解いたしました」

仕方ない。仕方ないと思いつつ、気は急《せ》いている。

まあ休むことにする。幸いだったと思うことにしよう。残りの一生で半日寝て過ごせるなんてもうないかもしれない。遺書を書いてもいいな。駄目か。母さんは泣くだろうし、父さんも怪しい。兄さんがなだめることを考えると、ちょっと可哀想《かわいそう》だ。とはいえ、あのへっぽことかエメラルドに遺書を出すと立場が悪くなるかもしれないしなあ。

結論としては、気持ち良く寝るのが一番と思うことにした。戦場で寝るのは最大の娯楽だ。機会があれば寝る。これは兵隊も士官も同じだ。下士官はどうだか分からないが。

たっぷりの時間があるので、寝床はしっかりしたものだった。遺棄する際に燃やされた天幕などのうち、無事に残ったものを一つ用意してくれた。

戦場とは思えぬ望外の役得だった。さらに燃えさしが大量にあったので、焚き火の薪《まき》にも困らなかった。

それ以上に良かったのが、水が大量にあったことだ。敵は遺棄する際に、水まで頭が回らなかったらしい。数万人が数日利用する水がそのまま樽《たる》で残されていた。

「水浴びができるな。先任軍曹」

「いささか寒い気がしますが」

「どうせ燃えさしは大量にあるんだ。沸かして使え、洗濯もしよう」

負けている軍隊にも良いことはある。後先を考えないでいい。

一時間くらいかけてお湯を沸かし、水浴び。すぐに湯を捨てる。全員汚れすぎだった。大笑いして今度は魔法で湯を沸かしてやった。本来は僅かな魔法も節減すべきと定められているが、これぐらいはどうということもない。身綺麗《みぎれい》になって良い気分だ。

すっきりした後は食事にかかる。豊富な水があることはいいことだ。これで、塩漬け肉と塩漬けタマネギと塩漬けキャベツから少しは塩を抜くことができる。

塩を入れた水で塩漬け肉を茹《ゆ》で、塩抜き。塩を入れた水じゃないと、中々塩が抜けない。その後に料理する。アクが無限に……敵軍のごとく……沸いてくるので、掬《すく》い続ける。

野戦になるとどうにも塩漬けの食べ物ばかりになるから、塩が少ない食べ物は嬉《うれ》しい。香辛料があったらなあと思うが、かわりに野草を入れて香り付けにした。硬く焼き増しすぎて口中の水分を奪い取るパンと、穴だらけのチーズ、それらをあわせて食べる。

うん。今日はうまくない。

塩漬け肉が料理してうまくないということは、今日はあまり運動もせず、汗をかいていないことでもある。昨日は塩抜きをろくにしてないのに、結構うまく感じたのだから、それと比べれば今日は楽だった、ということだろう。これなら思ったより兵の疲れはとれる、かもしれない。

料理を食べる際は、一人、離れて食べる。士官とそれ以外は食べるのが別々のせいだ。リアン国では一緒に食べると聞いたことがあるから、ルース王国だけの話かもしれない。まあ、士官は全員が貴族だから、兵や下士官は気が休まらないよな。そう思えば、リアン国の兵が気の毒だ。

兵の気が休まるのを思えば、一人きりの食事もさほど嫌なわけでもない。

あ。もう一個いいことがあった。まずいものを食べたとき、思いっきりマズい顔ができる。兵士が見えるところで士官は嫌な顔が中々できない。同じものを食ってるからな。

食事を無理矢理《むりやり》胃に詰め込んで、心に思うのは幼年学校に入る前の、母さんの作った料理だ。家庭菜園で作った野菜は時に同じものばかりで閉口したけれど、思えば戦場の料理ほど塩辛くはなかった。肉も普通にうまかったしな。今思えば、もっと味わって食べていれば良かった。

軍人になって肉嫌いになるやつは結構いる。俺もそのうちの一人。まだ乾いたパンの方がましだ。この食生活を知っていたら、俺は軍人になっていなかったと思う。

遺書も書かないことになって、暇になった。それで、のんびり寝ることにした。残り少ないのに人生の無駄遣いだな。とか思いつつ、気分は爽快だ。

無駄遣い。なんと蠱惑的《こわくてき》な表現か。とか思っていたやさき慌てて先任軍曹《ファースト・サージエント》がやってきた。

「大尉、味方です」

「なんと？」

それで慌てて天幕からでた。時刻は深夜。夜間を押してやってくるなんてなんて勤勉な味方だろうか。

遠く、松明《たいまつ》が回転するのが見える。兵士もそれに応えて燃えさしを手に回していた。

「いやあ、まだ味方がおってほんま助かったわ」

大分訛《なま》ったルース語で、中隊規模の部隊がやってくる。互いに顔を見る。軍服を確認する。

敵。だった。しかも山岳師団。

「ああ。あれは訛っていたんじゃなくて、東方語だったんですな」

「先任軍曹《ファースト・サージェント》、そんなことをいう暇があるなら戦え」

そこからはドタバタも良いところだった。敵も味方も兵は気が緩んでいて武器をしまっていた。下士官も同様だ。まさかこんな堂々とやってくるとは思ってなかったんだろう。うん。俺も思ってなかった。

指揮杖《しきじょう》を使わず魔法を使う。巨大な火の球を出すと、敵は慌てて降伏した。まあ、中隊規模なら一瞬で焼けてしまうから賢明な判断だ。

「しまった……まさか敵とは」

捕虜の士官がそんなことをいった。階級は少尉。なんだけど父さんと同じくらいに見える。つまり、ものすごく出世が遅い。

敵とはいえ、士官には相応の対応をするよう軍法では決められている。それで俺が応対することになった。

「マクアディ・ソ〝ン〟フラン大尉だ」

「ああ。ええ？　虎のマクアディ・ソフラン!?」

はぁい。ソフラン大尉ですよ。手は振ってやらないけれど。

「降伏して良かった」

敵の少尉は、そんなことをいい出す。彼は士官とは思えない感じで、長い弓を持ってた。

「敵対の意識がないか、少尉」

「いえ、ありません。大尉」

「結構、では士官らしく遇しよう。武器はそのまま持っていてよろしい。捕縛もしない」

「ありがたいこって」

士官、というには怪しい言葉遣いだ。それで俺は口にした。

「時に尋ねるのだが、中尉は何属性かな」

「あー。いえ。あてはその、魔法は使えませんで。兵士からたたき上げて一昨年《おととし》士官になりました」

「なるほど」

敵は敵で、人材が払底しているのかもしれないな。まあ、俺たちの方が先に尽きているんだけど。

「ともあれ士官は士官なんだから処遇などは気にしないでいい。とりあえず二名、兵をつけておくのでなにかあれば呼んで欲しい」

「あの、疲れ果てているんでどうか部下だけは……」

「分かった。可能な限りの配慮を家名に誓って約束する」

しかしまあ、なんでうちの家名はいつだって間違えられるんだろうね。いや、実家でも表札屋が親切で間違いを直したとかいってソフラン姓にしてたな。父さん大激怒していたけど。

イスランとかネイランとか、ルース王国はそういう姓がやたら多い。そのせいなんだけど。

遠い目をしていると先任軍曹《ファースト・サージエント》がやってきた。彼には珍しく困った顔をしている。

「捕虜の方が我々より多いようですが、どうしますか」

「とんだ珍事だな」

「まったくです。半分くらいに減らしますか」

「駄目に決まっているだろう」

俺は捕虜の兵士たちの様子を見に行った。味方の兵士と焚《た》き火《び》に当たって談笑している。

こっちも敵も、戦闘する気がまるでなかったもんだから、そういうことになったらしい。

「先任軍曹。俺がヨシといってもこの状態で捕虜を害するのは無理じゃないか」

「その時はお止めしようと思っていました」

「なんで訊《き》いた？」

「大尉の精神状態を確認するためであります」

「なるほど。先任軍曹、腕立て伏せ五〇回だ」

「はっ」

先任軍曹が腕立て伏せをしている間、俺は敵の兵士たちを見て回った。味方もそうだが憑《つ》きものが落ちたように、普通の青年になってしまっている。一部は酒を分け与えているようだった。

まあ見なかったことにしよう。敵と馴《な》れ合《あ》うのもどうかと思うが、相手が降伏している以上は敵ではない。と思うことにする。

翌日朝、略奪と敵対しないことを誓わせて、武器を取り上げて少尉もろとも解放した。少しだが食糧も分け与えて、敵が撤退したであろう道を示す。

「このご恩は忘れまへんで」

少尉は別れ際、そういった。彼だけはそのまま武装している。

「できれば貴部隊とは戦いたくない。やりづらい」

そういって握手して、分かれた。

我々が守っていた山道を登り出す。昨日やった捕虜尋問……というより雑談……では、敵の二個山岳師団はこの道を通らずに侵攻している。

「先任軍曹、どう思う」

「連中、嘘《うそ》をついているようには見えませんでした」

「だろうな。いや、まったくその通りだ。俺が気にしているのはあの少尉が所属していた方の山岳師団が選んだ迂回路《うかいろ》だ。地図的に見て、ありえない気がするんだけど」

「そう、ですか？」

俺は畳んだ野戦地図を見た。測量は陸軍的に貴重な……海軍にほぼ全員を取られている……水魔法使いを使う、非常に金のかかるものだが、戦争で地図は絶対に使うし、防衛戦では特に有用性が高まるのでかなり精緻な地図が作られている。

「こう、迂回《うかい》が遠回りを意味するにしてもだ。先任軍曹《ファースト・サージェント》。これはちょっと南側に行きすぎではないか？　連中なにを考えているんだ」

「それについては山岳師団ですからな。というのが適切かと思います。大尉」

「どういうことだ？」

「ご説明致します。この南廻り《みなみまわ》進撃路ですと、ヘキトゥ山……というよりもヘキトゥ連山を構成する中で一番高いコウロウ岳を通るかと思います」

「うん。道なき道だし、森林限界すら超えている。だいたいもう冠雪している。進軍には極めて不適切だ」

「その通りです。ですので、我々は絶対に追撃すらしないと思います」

「まあ、うん。そうだな追撃はしないな。というか、まともに考えれば俺たちが三日で新王都に着くところを一月くらいかかるんじゃないか」

「その通りです」

「あの辺に我々が知り得ないなにかがあるとも思えないが」

「はい。いいえ、というよりも、コウロウ岳は確か未踏峰だと記憶しております」

俺は遠い目になった。

「ええ、とつまりこういうことか。連中、軍務そっちのけで喜んで雪山登りをしていると？」

「山岳師団は殊の外山登り好きが揃《そろ》っておりますからな」

　頭のくらくらする話だ。

「戦争なんだからもう少し真面目《まじめ》にやれよ……」

「東方諸国は義理で出兵しているものの、戦意は低い、というか得られるものがないので戦いを徹底回避していると思われます」

「なる、ほど」

　さっきの少尉もすぐに降伏してたしな。命令によれば虎と会ったら逃げろ、逃げられなければ降伏せよとまでいわれているらしい。そこも合せて考えて見れば、理解の範囲内といえなくもない。いや嘘《うそ》だ。理解できない。

　しかし戦わないで敵の半数が脱落したようなものだから喜ぶべきだろう。うん喜ぼう。別に俺は戦争が好きなんじゃない。任務だからやってるだけだ。時々手段と目的が入れ替わることがあるからここは注意しないといけない。

　んで、敵の半数はいいとして。

「問題はもう片方だな。そっちは北廻りだっけ」

「はい。こちらはかなりの小回りです。故に、真面目に戦争をしようとしている可能性がありますす」

「競争になるな」

「幸い体力はあり余っております」

「よし、補給の後、まっすぐ山道を行くぞ」

俺たちは元々陣取っていた陣地に入った。夜襲の際に隠していた食糧や物資が、そのまま手つかずで残っている。あの少尉たちは暗くて気付かなかったようだ。

元々篭城戦《ろうじょうせん》のつもりだったし、人員も減っているので補給に問題はない。塩が多すぎるくらいだ。

小さい頃は塩が高い、塩が高いと母さんが愚痴っていたことを思い出した。思えば戦争というのは塩の無駄遣いだよな。もっと塩の少ない保存食を作れたら、それだけで経費が激減するんじゃなかろうか。

今日明日《あした》滅びるかもしれない我がルース王国にとっては、心底どうでもいい話なんだろうけど。

俺は皆に持って貰《もら》っているが、兵士の荷物は補給のせいで増えている。しかし、足取りは軽い。食糧の余裕は足取りを軽くする。

山を本領とする山岳師団と平野での火力と衝力が売りの俺たち突撃大隊が競争する。普通に考えれば勝ち目がなさそうだが、こっちは道の上、向こうは小回りとはいえ道なき道だ。さらに図体《ずうたい》が大きいので大隊（規模は中隊以下）と比較すれば速度は鈍るだろう。

つまり、でたとこ勝負の運任せだ。士官学校だと落第間違いなしの話だが、今のこの状況だと考えられる展開の中ではもっとも良い部類だ。

今は黙って登ろう。あれこれ考える時間はとっくに過ぎ去っている。


それで我が大隊は側方を監視もせずに前へ突き進んだ。二列縦隊で行軍訓練通りに歩かせる。軍歌も解禁して皆で歌を歌いながら進んだ。

突撃兵賛歌は歌詞的に、前に進めという内容なので避けて、別の歌にする。

〝我らは最古の虎にして、勇猛果敢なルースの精兵〟

〝鹿が逃げ惑い、彷徨《さまよ》う中で〟

〝虎は狩りを続けゆく〟

〝鹿が逃げ惑い、彷徨う中で〟

〝虎は狩りを続けゆく〟

〝我らは懲罰する、我らの敵を〟

〝我らは踏みにじる、鹿たちを〟

〝ルースに鹿の住処《すみか》なし〟

歌いながらだと士気も上がるが歩く調子も早くなる。気付けば遠くに軍服の連中が見えた。道を塞ぐように土嚢《どのう》を積み上げて陣地を作り、こちらの様子を窺《うかが》っている。

「先任軍曹《ファースト・サージェント》。連合の鹿がでてきたようだが、なんで連中、奇襲をかけて来なかった？」

「斥候を出していなかった……には見えませんな。準備万端です。少数の人数で守らせ、遅滞防御をするつもりでしょう」

「なるほど。奇襲を仕掛けてきてくれたら簡単だったんだが」

魔法を使えない平民でも、陣地を作ったり住居に籠ったりすると意外に手強《てごわ》い。手強いというより排除に時間がかかる。魔法の威力の多くが陣地で吸収されるからだ。そういう意味では兵士の正しい使い方といえなくもない。

「俺たちがこの道で敵を食い止めなければいかんのだが、なんというか昨日から珍事続きだな」

「しかし有用ではあります。この間に敵は新王都に攻め入るのでしょう」

「有用かな。まあいい、一当たりしよう」

戦場での損害の八割は魔導師による魔法攻撃だ。これは古今ほぼ変わりがない。残りの二割のうち半分が行軍中の負傷や行方不明。残りが兵士の攻撃や攻城戦での罠《わな》などの被害になる。

魔法だけで戦争が成り立つわけではないが、魔法が主力であることは疑いようがない。

「敵に魔導師がいないように見えるんだよなあ」

俺は陣地戦に有効な魔法を放った。人三人が手を広げたくらいの炎の球が転がっていくだけの、魔法。ただし教本にあるものより俺の魔法は二〇倍くらい遅い。のんびりと炎が敵陣地の上を転がっていく。敵は陣地に引っ込んで、頭を出さない。

俺は敵陣地の上で火の球を停止させた。深呼吸一〇回くらいの間で、魔法を消滅させる。

「様子を見に行くか」

「すぐ斥候を出します」

俺から見ると斥候なんていらない気がしたが、先任軍曹の顔を潰すわけにもいかない。それで、しばらく待つことにした。斥候が大きく手を振っている。大丈夫そうだ。

「有効ではなかったな。先任軍曹」

「敵は陣地にこだわり過ぎてましたな。この期に及んで大尉の火力を過小評価していたようで」

「まあ。まともに土嚢を吹き飛ばすなら、それでもそれなりに手数を使ったと思うよ」

敵は屋根付の陣地までは構築せず、それで頭上に熱源がでてきて陣地の中で焼け死んだ。それだけだ。

「士官がいれば簡単にさけられそうだったんだが」

「昨日の少尉もそうですが、向こうは士官といえども魔法が使えないのかもしれません」

「火力が足りなさすぎだろう。まあいいけど。よし軍曹、前進だ」

「は」

兵を戦わせずに済んだので良かった。と思ったら昼にはまた同じような敵陣地があった。これも同じように焼いて、また前進。同じことがこの後三回あった。いずれも簡単に排除しており、敵の手は、遅滞防御になっていなかった。

「敵は我々の代わりに新王都でも守るつもりかな」

「それでしたら大尉に挨拶を入れるでしょう」

「冗談だ。まともに反応しないでよろしい」

敵の狙いがよく分からない。よく分からないので気持ち悪い。俺は敵の術中にはまっているのではないか、という気になる。

なにを狙っている。

「敵がやりそうなのは……」

難しい顔をしたら俺の考えを読んだのか、先任軍曹《ファースト・サージエント》が喋《しゃべ》り始めた。時々こいつは俺の考えを全部見通しているんじゃないかという気になる。今となっては家族より俺のことを予想できるかも。

「敵がやりそうなのは時間稼ぎ以外ですと、罠《わな》を作っている可能性ですな」

「兵士を無駄にしすぎだ」

「それでも、マクアディ・ソフランを討ち取った代価であれば安いものかと」

「いや、それでも高いと思うんだけど……」

戦争における火力の差は、個人の価値の差ではない。魔力がありゃあ偉いってことはまったくない。行動やその結果が個人の価値を生む。いくら魔力があろうと裏切ってきたら無価値だ。昼寝している間に暗殺されても同じ。魔法が使えなくても軍曹のような人間には高い価値がある。魔法を使える者を貴族とする、という帝国法は、貴族は魔法を使って報国せよ、ということのいい換えでしかない。

俺の難しい顔をどう思ったか、軍曹はひどく優しい顔になった。

「大尉はご立派ですが、世の中にはご立派でない者もおります」

「目の前の敵がそうとは限らないが、まあ、そうだな」

とはいえ。これだけ兵の無駄遣いをしておいて、立派ということはないよな。となれば罠か。時間稼ぎというのであればなんの意味もないことが分かるだろう。あるいはこの隙に俺たちから逃れるように左右の森に深く入っていったのかもしれない。まあ、それだったら願ったりかなったりだ。俺たちのほうが先に新王都につく。

「先任軍曹、この先に罠がありそうな場所は分かるか」

「はい大尉。我々が左右に展開できない場所で仕掛けてくると思われます」

先任軍曹は赤い丸を書いた地図を俺に寄越《よこ》してきた。

地図を見て、地形線を指でなぞって思い出す。

「防衛拠点にするか悩んだ谷だったな。ここは」

「道は細く、片側は奈落《谷間》に真っ逆さまというところです。敵が火力に自信のない山岳師団であるのなら、高い方と道の中に陣取って戦うのではないでしょうか」

「そうだな……」

「御懸念でも」

「とても良い場所、とは思うが、どうなんだ。この場所なら道を破壊して王都を目指すのでは」

「道を落とすことは即《すなわ》ち、敵からすれば退路を断つことでもあります。虎が迫るとはいえ、連中にそんな度胸があるとは思えませんが」

「とはいえ、俺の相手をまともにするかな」

分からない。戦場というものはいつだって分からない。完璧な偵察情報なんてものはないし、それにこだわると、負ける。

「まあいい。今やることは新王都へ戻るまでだ。進むぞ」

「はい」

夕方まで歩いて道沿いに寝る。夜襲があるから煮炊きは許さず、冷たい塩漬け肉とチーズ、ぼそぼそのパンを食べる。水は身体《からだ》で温めていた生ぬるい水。それと酒だ。酒のおかげで兵からの不満はなさそう。

俺も毛布にくるまって食事する。イスラン伍長《ごちょう》は俺の毛布も一緒に運んでおり、そのせいか今日も快適な木の陰を探してくれた。

「ありがとう伍長」

「いえ。当然であります」

イスラン伍長は優しくいった。やはり俺を弟かなんかと勘違いしているようだった。兄さんが向けていた目に似ている。

兄は一人で十分なんだがと思いつつ、食事再開。塩抜きされていない塩漬け肉をまずく感じるのは意外だった。あんまり疲れていないのかも。

それで、特に夜襲もないまま翌日になった。山岳師団なら敵の士官も火属性魔導師だろうに、夜襲をかけてこないというのは変だな。火属性魔導師は土属性魔導師と違って距離の二乗で威力が減衰するという魔法力学の基礎に忠実に動く。つまり、可能な限り接近して火力を発揮しようとする。畢竟《ひつきよう》夜襲こそが最大のチャンスとどこの士官学校でも習うはずだが。

もやもやしたまま兵を歩かせ、朝とはいえなくなるくらいの時間に先任軍曹《ファースト・サージエント》が予想していた谷の入り口についた。

風は強いが、そのせいで霧なども無い。雪も、なし。寒いだけで行軍の妨げはなさそうだった。

「先任軍曹《ファースト・サージェント》」

「斥候を走らせます」

「そうしよう。部隊は大休止」

「はっ」

斥候はイスラン伍長《ごちょう》が担当するようだ。数名の兵を連れて慎重に進んでいる。他にも後方から迂回《うかい》する可能性があるので、そちらにも斥候を出した。

遠目に伍長が矢を射かけられているのが見える。その身体《からだ》に矢が一本、突き刺さっているのが見えたが、思いのほか機敏に動いて物陰に隠れた。

「斥候をやりすごせなかったようですな」

「道が細いからな。伍長の撤退を手伝う。医療兵を用意」

「は」

目で矢の軌跡を追うのは難しい。とはいえ細い道で片方は崖、片方は切り立った山だから隠れる場所は少ない。火の球を飛ばした。距離がある故、威力は小さいが仕方ない。

「伍長、走れ！」

そう叫ぶと伍長が走ってくる。俺も走って前へ。伍長やら俺を狙う矢を焼いた。飛んでくると分かっていれば焼き落とすことは難しくはない。距離も近いしな。

それにしても伍長、矢が刺さっているとは思えない速度で走ってくる。

と思ったら、胸にたすきがけしている毛布に矢が刺さっていた。伍長は俺の分の毛布も運んでいるから、それが盾になった感じだ。

丸めた毛布でも意外に役に立つなと感心していたら後方の斥候が戻ってきた。

「後ろに敵、数三個大隊以上と思われます」

「なるほど、軍曹の狙い通りだな」

「いえ。大尉。私の予想地点より少し手前です。谷の入り口ですからな」

「俺たちが道の真ん中まで移動したところで攻めてくれれば良かったのにな」

「敵の兵が焦《あせ》ってイスラン伍長を攻撃したせいで、計画が狂ったのだと思います」

「なるほど。伍長を褒めねばならないな」

敵はこっちを囲むように運動している。数で勝る以上は適当な動きだと思うのだが、いかにも大回りしすぎだ。俺の火力を警戒しているのだろう。針葉樹の森からでてきてない。

「向かって右手側、南西から仕掛けるぞ」

「はっ」

俺は走って最前列に立った。普通士官は最前列に立たないが、俺の大隊では突撃時は俺が最前線にでる。その斜め後ろに下士官、兵と楔《くさび》型になって突撃する。

「大尉に従って躍進せよ！　大隊っ！　前へ！」

後ろから先任軍曹の声が聞こえる。突撃、といわないのはまだ距離が遠いせい。突撃号令がでるのは通常敵から一五〇歩の位置で、遠くても二〇〇歩とされた。これより遠いと兵の息が切れて使い物にならなくなる。

正面から大隊規模と思えぬ大量の矢が飛んでくる。三〇〇くらいはある。腕を一薙《な》ぎして燃やす。そしてまた燃やす。三度燃やしたところで、左手で火の球を出して投げた。爆発。森ごと吹き飛ばす。木々が爆風で倒れ、悲鳴が聞こえる。

「大隊突撃用意!!　かかれ！」

軍曹が洋刃を胸につけて全速で走り出した。爆発で開いた穴に進んでまだ燃えている残敵を倒し始める。兵が続く。敵が爆発から立ち直るより早く次の大隊に取りかかる。火の球を二発飛ばして爆発させた。今度は兵が突撃するまでもなく全滅させた。

三つ目の大隊に襲いかかろうとしたら、敵はこっちに魔法の一発も放たずして士気崩壊、逃げ出していた。

「気合いの入ってない敵だな。先任軍曹《ファースト・サージエント》」

先任軍曹は周囲の敵の首にことごとく刃《やいば》をいれたところだった。血糊《ちのり》を敵の軍服で拭いながら涼しい顔で寄ってきた。

「そうでしょうか。順当だと思われますが。二個大隊が各個撃破されたのですから、三つ目で戦えるはずもないかと」

「それもそうか」

俺の表情をどう思ったか、軍曹は言葉を続けた。

「敵が魔法を使ってこなかったのも、大尉の魔法の力が強くて敵より長い距離で攻撃をしたため、と思われます」

「うん」

ちょっと魔力を無駄遣いしたかもしれない。伍長《ごちょう》がやられたせいだな。これについては黙っておこう。憎まれてもやっかまれてもいいが、部下は平等に扱うべし。

「大隊集結。進むぞ」

「はっ」

俺はゆっくりとイスラン伍長のほうへ歩いた。偶然に移動したように。

「大丈夫か。イスラン伍長」

「はっ。大丈夫であります。ただ、大尉の毛布に穴を開けてしまいました。申し訳ありません」

「いや、弓を防いだ幸運の毛布だからな。ありがたいものだと思うことにするよ」

無事で良かったとはいわずに、俺はそういってまた歩き出した。

歩きながら考える。これまで潰した部隊は概《おおむ》ね四から五、大隊。山岳師団の編成は小さいので定数は一二〇〇〇とかだろう。単純計算だと二四個大隊くらいあるはずだ。実際は本部要員や補給人員などの戦闘員と数えにくいものがいるだろうから、割り引いて一八個大隊くらいはあるだろう。となれば、残りは一四個大隊くらいある。

　俺に蹴散らされた三個大隊を考える。あれは時間稼ぎか、どうか。

「先任軍曹《ファースト・サージエント》、あの三個大隊は時間稼ぎだと思うか？」

「師団全力で動けば奇襲にはならなかったでしょうから、微妙ですな」

「微妙か」

　先任軍曹はこの谷で敵が仕掛ける。俺なら道を破壊して一目散に王都を目指す。たしかに谷で仕掛けてきたが規模が小さすぎる。

　どうも敵の師団長は、兵を小出しにする悪癖があるようだ。戦力の集中運用という戦争の原則が分かっていない。一四歳のガキでも分かることが分かってない程度のやつが師団長に収まるだろうか。貴族教育はそこまで甘くはない。分家を立てまくるような緩い我がルース王国ですらそうだ。他国ではなおさら、無能では師団長に補職される少将または中将まではいかないだろう。

「先任軍曹。あの三個大隊で俺の魔力の消費を狙った可能性があるな」

「そうですな、意味もなく三個大隊をすり潰したでは、いかに貴族様でも罷免《ひめん》されるでしょう。どうされますか。迂回路《うかいろ》を探しますか」

「いや、このままだ。一四個大隊程度を展開するのなら、この道では狭すぎる」

「となれば、崖上から落石でも狙いますかな」

「それに加えて出口で扇状展開だろう。さしずめ先ほどの三個大隊は本来細い道に入った俺たちを後ろから攻めるつもりだったんだろう」

「なるほど。ではまぬけな敵を教育しますか」

「卒業者がいればいいんだが」

大隊の人数が少なくてよかった。一三〇人かそこらしかいないのでさほど隊列が長くならない。

俺を先頭に崖沿いの道を二列で通る。

一〇〇〇歩かそこら歩いたところで頭上から喚声が聞こえた。落石と投石が始まる。

「大隊、落ち着いてそのまま前進！」

先任軍曹が大声でいう。俺は短い指揮杖《しきじょう》を振り上げて落石を火の矢で迎撃した。弾《はじ》くように撃ち続け、大隊を守る盾になる。

そのまま進むこともう一〇〇〇歩。ついに落石が途絶えた。谷を抜けた。

抜けた先、五〇〇歩程のところに敵は横陣で陣取っている。予想と違って扇状には布陣していないようだった。横に広がっていない分、厚みがある。

矢を放ってこないのは無駄だと思っているのか、弓兵を後ろの三個大隊に集中的に集めていたか。

いずれにしても敵は号令喇叭《らっぱ》の元緩やかに前進を開始。さすが山岳師団というべきか。

集団戦が苦手のようで前進の時点でもう陣形が崩れつつある。しかし、個々の兵はそれなり以上の練度のようだった。

「大隊、抜刀。突撃用意！」

俺を最前列に楔《くさび》型陣形が組まれる。俺についてきただけあって脱落者はいない。互いの顔が見える距離に来た。敵が突撃喇叭《らっぱ》を鳴らす。一部は遠すぎる気もするが、まあ、しょうがない。

俺は両手を伸ばして炎の壁を展開した。青白く見える炎の壁で、厚さは五〇歩ほどある。敵最前列が叫びながら、というよりも後ろから押されるように炎の壁に突っ込む。三歩と進めずに炭になった。それでも突撃は止まらない。分厚い突撃はまあ止まらない。後ろからどんどん押されて焼け死んでいく。左右から迂回《うかい》してくる連中に火の球を放り投げた。敵に珍しい水属性魔導師がいて俺の火の球を相殺しようとして失敗、部下と一緒に爆発して吹き飛んだ。水が気体になるときに爆発することがあると士官学校で習っていたのを忘れていたようだ。まあ、場数が少ない士官だとよくやらかして二階級特進する。

敵がおびただしい損害を出しながら突っ込んでくる。炭になった味方が燃え尽きるまでの僅かな時間に一歩でも前に進んで新たな炭になり、炭の道を作る。一番前進できた敵は俺の顔に手が届くほどまでだったが、すぐに燃え尽きた。

俺は炎の壁を消した。

「大隊躍進せよ！　かかれ！」

俺は最前列で走り出した。敵の士気は崩壊して俺たちに道を開ける形で大穴を作っている。最後尾から半ばくらいまではどうにか突撃を中止して左右から迂回しようとしていたようだ。

そこに火の球を投げ込む。爆発する。いつもの要領。故郷に帰ってきたような気安さがある。炎で髪が揺れる。

敵の師団長だろうと俺の魔力保有量には及ばない。だから射程差で俺の火の球のほうが先に届く。火属性魔導師が俺の火の球を消そうとするが遅い。敵が少数だから、自分が襲いかかられるとはまったく考えてなかったような動きだ。
二、三回爆発した。静かになった。敵は混乱状態から壊乱状態になった。敵は大崩れして逃げ出しはじめる。
「大尉は過保護すぎますな。もう少し効率良くやられたらいかがですか」

先任軍曹《ファースト・サージェント》が、もっと我々を殺しなさいという顔で俺にいう。俺を心配していっているのは間違いない。

「そうか？　まだ半分と魔力は使ってないいんだが」

これは本当だった。炎の矢と炎の壁は魔力効率が非常にいい。壁は至近に立てるので魔力消費が少なく、炎の矢はそもそも小さい。

「いつでも我々を使い潰し、最大の戦果をあげるべきです。大尉」

「ありがとう先任軍曹《ファースト・サージェント》。その時がくれば必ずそうしよう。ただ今はその時ではない。それだけだよ」

先任軍曹が完璧な敬礼をしてみせる。俺は軽く答礼した。

○マクアディ被害者の会（3）

天候が悪くなり出している。山では雪が降っているかもしれない。

どんよりとした雲は空一面を灰色にして、全ての濃淡を奪っている。

そんな中、私は腕を吊《つ》って仕事を再開することにした。後方に下がられたらいかが、とエメラルド殿下からはお見舞いの言葉を頂いたが、正直、ここに残って殿下の医療兵の治療を受けたほうが傷に良い気がした。

それに、マクアディ少年の弁護もある。彼のことが気にかかるし、侍従長との約束もあった。

話したこともないのに、変な感じだ。苦笑していたら、収容した敗残兵の中にマクアディ少年に会ったという部隊があった。すぐに面会の手続きを取る。

面会のために天幕の一つを訪れると、他の敗残兵たちよりかなり状態が良かった。毛並み良く、良く治療もされている。

「ベルベフ少尉はおられるか」

「あ。あてがベルベフであります。中佐どの」

少尉というよりも軍曹というのがぴったりの中年がやってきた。彼は私の表情からなにかを察したか、苦笑して事情を話してくれる。そういうところも、下士官らしさがでている。

「お察しの通り、兵からたたき上げで少尉になっておりまして」

「魔法が使えないのに？」

「はい。そういえば、ソフラン大尉の捕虜になったときもこんなやりとりをしましたわ」

「その話を聞かせていただけませんか。もちろん、少尉とその部隊の処遇等については、私から強い申し入れができると思います」

ベルベフ少尉は屈託なく笑うと、彼の部下が手慰みに作ったらしい木の椅子に私を座らせた。

「申し入れは大変嬉《うれ》しいのですが、実のところ上級司令部からはマクアディ・ソフランに遭遇したら逃げよ、逃げられなければ降伏せよ、全責任は司令部が負う、といわれておりまして」

戦う前から負ける前提になっているのを聞いて、私は無敵の虎伝説が、また一つ、と数え上げた。司令部も悪びれていない様子の少尉も責める気にはならない。私もその伝説に会ってしまったから。あれでは仕方ないと思える。

「なるほど」

「それに、あてはソフラン大尉に敵対しないと誓って解放されております。ソフラン大尉の不利になることは話せません。それでよければ」

「もちろんです、少尉。もとより私は、ソフラン大尉の敵ではありません」

「そうですか。どんな事情か分かりませんが、良かった。実の処《ところ》、誓いを抜きにしても大尉に悪いことはしたくないものでして」

「それは？　何故《なぜ》ですか？」

「決まっているでしょう。大尉は親切だったんですよ」

なにが決まっているのかよく分からない顔をしたら、少尉は私に分かるよう、順番に話をしはじめた。

「そもそも一個中隊で名にしおう無敵の虎と遭遇するはめになった理由ですが、師団本部が我々の食糧を奪った……というか、再配分したところから始まります」

「一度配った食糧を返納しろ、というのは中々……」

「中々どころか、前代未聞の酷《ひど》い話なんですよ。それも山登りのためですからね。ああ。うちの師団長は無類の山好きで、参陣からこちら、ずっとコウロウ岳登頂を狙っていたんでしょうなあ」

「は、はあ。貴国はその、個性的でいらっしゃる」

「まあ、西方の戦いに興味がないんでしょうな。師団長にしてもこの戦いが終わって本国に戻ったら命令違反で不名誉除隊するつもりなんでしょう。兵士を守るため、政府とそういう話がついていたとしても、どこもおかしくありまへんわ」

「なるほど」

ベルベフ少尉の故国、東方三国の一つであるアリスリンド国は我がニクニッスはおろか小国とされるリアン国よりさらに小国だ。それ故の苦労もあるだろう。彼らにとっては山岳師団一つとっても貴重な戦力であることが察せられた。

「それで、味方に食糧を奪われてから、中隊はどうしたのですか？」

「山を下りて、本陣にて待機という命令です。本陣に行けば食糧が貰《もら》えるから、という話でした。それで腹を空《す》かせながら本陣のあった場所にきたら妙に寂しい。それでも焚《た》き火《び》があったんで味方だと思って近づきました」

「すると、ソフラン大尉だったと」

「そうです」

ソフラン大尉は連合の補給線に散々な打撃を与えると姿を消していたが、どうやらヘキトゥ山に舞戻ってきていたらしい。たった一人で、滅び行く国を守ろうとしているの？

「その、そういう形でなければ逃げる選択もあったと思うんですが……いかんせん、近づきすぎてましまして」

腹を空かせて至近距離で虎と対峙《たいじ》、命令を受けていなくても降伏したかもしれない。なにせ、一個軍三万の兵をほぼ一人で壊滅させるような超火力を持った存在だ。我が国王の全盛期でもそれだけの火力、あったかどうか。

「それで降伏した？」

「はい。すぐに降伏しました。こっちは魔導師が一人もおらんので……。規模はどっこいどっこいでしたが、戦いを選択すれば、おそらく魔法一発で全滅に近い被害を受けていたと思います」

「そうでしょうね……分かります。連合の会議で問題になるようなら、私が貴国を弁護します。それで、降伏の後は？」

「大尉は魔法を自在に操るそうですが、にもかかわらずあてや兵士、いや、自らの部下にも非常に親切でした。東方三国はどれもそうかもしれませんが、あては味方からも士官扱いされないことがほとんどなのですけれど、大尉は私の獣顔を見ても眉一つ動かさず、武器も取り上げず、士官として完璧に遇してくれたんですよ。あての訛《なまり》も気にすることなく、ですな」

私はどうだろう。獣人差別はないつもりだけれど東方訛に顔をしかめていたかもしれない。恥ずかしい気になる。

少尉は苦笑して言葉を続けた。私の無礼を許してくれるようだった。

「食糧も気前良く分けてくれて、捕虜尋問といっても簡単なもののあとは、酒を片手に歓談しました」

「ソフラン大尉はお酒を飲んでいたのですか」

もしそうなら、会った際に小言をいうくらいはしないといけない。すると少尉が笑って首を横に振った。

「いいえ。中佐どの。ソフラン大尉は私に酒を瓶ごと分けてくれましたが、ご自身では飲んでないようでした」

「そう、それならいいんですけど」

ほっとしてそういうと、獣人のベルベフ少尉は丸い耳を揺らした。

「中佐どのと大尉の関係を伺っても？」

「そうですね……遠い親戚みたいな気分です」

ベルベフ少尉がそりゃあどういう意味で？と訊《き》く前に、次の聞き取り相手の話が来た。同じ東方三国の一つ、テレスリンドの山岳師団が大敗したらしい。壊滅的損害を受けて部隊の再建は絶望的、とのこと。軍籍に身を置いているとはいえ、私の専門は軍法なので良くは分からないが、そういう表現になっているということは、余程基幹要員である下士官や士官に損害がでたらしい。

「あいつら真面目《まじめ》に戦ったのか……」

ベルベフ少尉が首をゆっくり横に振りながらいった。言葉にはどこか、褒める響きすらあった。

ベルベフ少尉への挨拶もそこそこに、私は慌てて壊滅した部隊へ聞き取りに行った。マクアディ少年は大活躍だな。本当に連合は勝っていて、彼を追い詰めているのだろうか。弁護する私の気も知らないで一人大活躍して。

ルース国が貴方《あなた》になにをしたというの？

答えは一〇歳で戦争をさせただけ。あれだけの武功をあげながら、大尉止まりというのもそう。

分かっているの？と指さして尋ねてみたい。

それで、大尉が散々に打ち破ったという山岳師団へ行った。兵も下士官も、士官も、皆が等しく絶望的な顔をしていた。

こんな状態の彼らに話を聞くのは残酷な気になるが、記憶がしっかりしているときに尋ねた方がいい。証言が時とともに正確性を欠いていくのはよくある話だ。

まだしも無事そうな士官を見つけ、声をかける。階級は中尉。彼もまた獣人だった。鹿かなにかの化身だろう。どこか面影がある。

「マクアディ・ソフランについてお話を伺いたいのですが」

「なぜだ？」

中尉は階級に対する敬意すら壊れた様子でそう訊いてきた。怒って軍事裁判にかけても良かったが、マクアディ少年の話を聞くためなら仕方ないと思い直した。

「軍務です。決まっているでしょう」

「……まだ戦うつもりなのか」

「それは上級司令部の決めることです。ただ、連合はあなた方の被害を忘れたりはしません」

私が毅然《きぜん》としていうと、彼はうなだれた。

「そうだろうな。ああ。忘れて欲しくはないよ。本当に」

そうして彼は、語り始めた。


中尉の所属するテレスリンド山岳師団は、定員一万一千程の小さな師団だった。通常編成の師団の三分の二を少し上回るくらいだ。ただ、中隊から大隊での独立行動が得意で、それぞれ完結した兵站《へいたん》能力を持ち、さらには色々な種類の魔導師が配置されていた。小国故に、一個の師団で色々な任務に対応する必要がある故の変則的な配置だった。

確かに色々な魔導師がいた方が柔軟に様々な事態に対応できるとは思う。しかし、火力の集中という意味ではあまり良いとはいえない。ともあれ、そういう編成だった。

「我々は最初、マクアディ・ソフランとは戦わずルースの新王都を目指すつもりだった。遅滞用の小部隊を置いて、それでひっかけながら時間稼ぎをする計画だった」

私が黙って記録を取っていると、中尉は小さな耳を揺らした。

「しかし、連中は恐ろしい速度で進軍していた。我々の伝令より早いくらいの速度で移動していたんだ。気がついたらもう捕捉されそうになっていた」

　山岳師団を山で追い抜くなんて、どんな魔法を使ったのだろう。いや、そうか。伝令は道の上を走れなかったに違いない。マクアディ少年に見つかってしまうからだ。そこで山道を通って、時間がかかった。そういうことだろう。

　中尉は遠い目で語り続ける。

「交戦を避けることは難しかった。我々はどうやってマクアディ・ソフランに勝てるかを考えた。結果はご覧の通りだが、最初、構想を聞いたときにはよくできていると思ったものだ」

「どういうものですか」

「虎のマクアディ・ソフランといえど魔力は無限ではない。だから最大限に消費させて、討つ」

　いくつかの中隊を遅滞防御に出して全滅させてしまったが、この死を無駄にしないことを考えた。

　つまり、マクアディ少年を休ませずに攻撃を仕掛ける。しかも少し戻れば、地の利をえられるような場所があった。崖と細い道。その先の広場で待ち構える師団主力、後ろには伏兵もいるという布陣。

「ところがあいつは、マクアディ・ソフランは悪魔かなにかだった」

中尉は顔を手で覆って泣き出した。

「悪魔だったんだ。あいつはまず伏兵を一瞬で焼き払い、後顧の憂いをなくすと平然と細い道を移動し始めた。最前列でだぞ。どこにそんな貴族がいる。岩を落とし、弓を射かけたが無理だった。矢が、岩が、ことごとく魔法で弾《はじ》かれていたんだ。悪夢を見ているようだった」

中尉は話を続ける。

「ああ、だが、それでも、我々は勝つ、と思っていたんだ。最終的には。虎の最後だ、魔力は切れかけている。誰もがそう思った。師団長はそれでも不安があったようで。我々士官を温存して兵を突撃させる戦術を選んだ。兵は大勢死ぬだろうが、虎に勝つのであれば、それも致し方ないと」

致し方ないで損害を許容するのが軍隊というところだ。私は顔をしかめつつ話を促す。

「現れた虎の部隊は……中隊ほどの哀れな小軍勢だった。さしもの虎も疲弊していると確信し、突撃を開始した。しかし、マクアディ・ソフランは邪悪だった。巨大な炎の壁を立てたんだ。勢いのついた兵は止まれず、そのまま壁に突っ込んで行った」

話を聞きながら想像する。炎の壁、であれば私も使える。せいぜい中級の魔法だ。見た目は派手だが、炎に実体はない。土の壁と比べて足止め効果はなく、少々の火傷《やけど》さえ覚悟すれば抜けられる、そういう、使えない魔法だったはずだ。

乾いた笑い声。中尉は私を笑っている。その目は絶望する者のそれだった。

「ははは。あんたがなにを考えているか分かるぜ、炎の壁くらいでなにを、だろ。違うんだよ！　根本から違ってたんだよ」

中尉は頭を抱えた。恐怖に震え、呟《つぶや》き始める。

「火力が違ったんだ。青白い炎に突っ込むと、一歩二歩で兵は消し炭になった。なんなら壁の近くにいただけで服や髪が燃えだした。目が高温で白く濁って、ゆで卵みたいになった」

説明に鼻白んでいると、中尉は言葉を続けた。

「突撃を止められたらよかったさ。しかし無理だった。師団は勢いをつけすぎた。最前列が立ち止まっても味方に押されて転倒し、踏み潰されるだけだ。分かっていても前に進むしかなかった」

中尉の目が見開かれる。戦いの光景を思い出したのかもしれない。

「師団長も、各大隊長も、顔を青くしていた。マクアディの顎門《あぎと》に、兵は進んで食い潰されていった。最後尾から順に足を止めて、どうにか突撃を中止したときには半数くらいの兵が消し炭になっていた。なにより最低だったのは兵が死にすぎて、もう士官の命令に従うような感じではなかったことだ。士気崩壊で呆然《ぼうぜん》としているところを、マクアディが襲ってきた……」

中尉は立ち上がったと思うとまた椅子に座り、うなだれた。

「桁外れの魔力差と、こっちは属性がばらばらだったこともあって勅任魔導師三〇人がかりでも打ち消しも対抗もできなかった。あとはもう、一方的だ。射程外から魔法を撃たれて俺たちはただ逃げ惑うしかなかった。どうにか生き延びたと思えば、さっきまで部下だった兵が俺たちをまるで仲間の仇《かたき》のように狩り立てているんだ。師団長は味方の兵士に槍《やり》で刺されて死んだ。最後の言葉は敵がちが……だった」

兵を使い捨てにしすぎて最後は味方に殺される。上官を殺した兵が復帰するはずもない。再建困難と判定されるのも道理だった。私は型通りのお礼をいうと、席を立った。魔法も使えない敵の少尉にも親切にするマクアディ少年と、悪魔のような戦闘力を持つマクアディ少年。どちらが彼の本当なのだろう。

違うか。おそらくは両方が本当なのだ。敵になったら容赦なく、降伏をすれば寛大で……本当に一四歳なの？　その実、凄《すご》く声の低いおじさまだったりしないのかしら。

そ、それならまあ、理解できる気もする。いい、すごくいい。いや、違う。そんなことを考えている場合でないのは分かっている。今は軍務中。駄目。そもそも私は本人を見ている。ふわふわ髪の、丸い顔の少年。

想像を打ち消しながら歩いていたら、新たに援軍が来るとの連絡があった。兵、一五万という。我々の敗戦を受けて、ルース王国の王都を制圧していた部隊がこちらに移ってく

るらしい。

三万で勝てないなら一五万。なるほど上は算数はできている。しかし……そこまでしないといけないのだろうか。山奥の一地方都市くらい、放っておけばいいのではないか。そんな考えが、頭をよぎった。

○大休止

谷を抜けた先、少し行ったところに敵が野営地を作っていた。物資もある。

寒い。と思ったら雪が降ってきた。量は少ないが、冬の訪れを感じる。

くしゃみが、でる。

「なんだかいやな噂《うわさ》でもされているような気がするな」

そういったら、先任軍曹《ファースト・サージェント》が難しい顔をした。

「大尉は本当に負けず嫌いですな」

「いや、負けず嫌いとかそういうのじゃなくて、俺の田舎ではそういうんだよ。くしゃみ一回は噂、二回は悪口、三回以上は風邪だバカってな」

「はあ。自分の田舎ではバカは風邪を引かないと申しますが」

「へえ。俺の故郷ではまったく逆だな。バカが風邪引くことになっている。ともあれ」

俺は師団の物資を見た。まあ分捕るわけだが、ここのところ補給は略奪ばっかりな気がする。

「こういうの見ていると、山賊かなんかになった気分になるな」

「母国の窮状ではたいして変わらないでしょう」

「そうかも」

ざっと見た感じ、中隊規模の我が大隊には多すぎる物資だった。

「新王都で物資が足りてないなら分けてもいいぐらいだな。伝書鳩《でんしょばと》は残っているか」

「はっ、残っております」

「じゃあ、飛ばして伝えておいてくれ。それと我々はここを防衛線として戦いを継続すると」

「了解致しました。大尉の名誉称号がまた増えそうですな」

「あとは元帥くらいしかのこってないぞ。今となっては気休めにもならないからどうでもいいけど」

「そうですな。ともあれ、大尉をバカにするわけにはいきません。まずはお休みください。あとは適当にやっておきますから」

実のところ、休むほうが身体《からだ》が冷えそうだったが、過保護の先任軍曹《ファースト・サージエント》は俺を休ませることしか考えていないようだった。

まあいいかと苦笑して、立派そうな天幕に入る。敵の兵士がいたので、逃げた方がいいよといったら、頷《うなず》いて全力で逃げて行った。持って行っていいのに物資を置いていった。宝石やら金貨だった。

戦場でこんなものに価値があるとは思えないが、なにを考えて敵は持ってたんだろう。

まあいい。毛布を四、五枚集めて、宝箱を枕に寝ることにした。良い夢でも見れないだろうか。

○マクアディ被害者の会（4）

リアンの姫将軍、エメラルド姫に、ご報告申し上げる、という本日三回目の連絡を受け取り、僕はムデン侍従長に依頼されて姫様の様子を見に行った。

例によって姫が寝台からでてこないので、どうにかして欲しいという依頼だった。どう考えても貧乏くじだが、僕にも立場というものがある。仕方ないので引き受けた。

僕は今、姫付の文官見習い補佐という変な立場にある。それもこれも、みんなあのバカのせいだ。本当だったら僕は実家に戻って文官になる勉強をしているところだ。それが、なんで戦地に……。

才能がないと軍人を諦め、志望を変えた途端に戦地に行くことになる。

ってもちろんあのバカのせいだ。直接の理由はエメラルド姫が、マクアディに会いに行くなんていい出すからなんだけど。とにかく世界の問題の大部分はあいつが悪い。ため息がでる。盛大にでる。僕と同い年でここまでため息がでる者はいないだろう。あのバカマクアディはため息なんか一生つかないだろうから、つまりこれだけは僕が勝っているということだ。ざまあみろ。

……。むなしい。

気を取り直して、エメラルド姫の天幕に。いくら友達《ともだち》といえど、機嫌の悪い人のところに行くのは勇気がいる。まして貴人ならなおさらだ。その点マクアディは全然気にしてなかった。お腹《なか》痛いのー？　とか訊《き》いてたくらいだ。ムデンさんすら怒れずに苦笑していた。

姫の天幕までついた。

僕の主《あるじ》にして幼なじみ、エメラルド姫はとても可憐《かれん》で繊細だ。マクアディ・ソフランとは違う。全然違う。にもかかわらず、あのバカのマクアディは、姫をそこらの騎士の娘みたいに乱暴に扱う。だから嫌いだってんだ、あいつは。

「姫ー」

そういって天幕の外から声をかける。押し殺した泣き声が聞こえる。きっとまた、あのバカのことで心を痛めているんだろう。ほんとあのバカはバカだ。僕の魔法で死んじゃえばいいのに。

「姫ぇーあのバカのことなんてどうだっていいじゃないですか。前向きに考えましょうよぉ、いよいよあのバカと縁が切れるというもんですよ。最高じゃないですか」

僕は数をゆっくり一〇数えた。エメラルド姫が目を真っ赤にして天幕の入り口にある布を乱暴に開けた。使用人に開けさせもせず、自分で開けた。大激怒しているらしい。それでもちゃんと着替えているところはさすが王族だ。

僕を睨《にら》んで、そっぽを向いた。これもやっぱり、あのバカマクアディのせいだ。姫からまた嫌われたじゃないか。どうしてくれる。

「あなたになにが分かるの？」

「マクアディがまーた姫を泣かせていることは分かっています」

すぐに姫の顔が赤くなった。

「ち」

「ち？」

「違うもん。これは違うわ。目が赤いのは目にゴミが連続で入ったせい」

「今日は寝台からでてこなかったそうですが？」

「マクアディみたいなこといわないで！」

あいつそんなこといってたのか。意外にまともか。いや、許さないけどね。こんなに小さくて可愛《かわい》い姫をこうまで悲しませるんだから、罪は深い。死刑だ。死刑。しかしうっかり小さいとかいったら俺も死刑になりそう。

「なにかいいなさい！　ステファン・ホンゴ！」

「結論としてはマクアディが悪いでいいと思います」

「違う！　この前森で見たでしょ!!　彼はなにも変わってなかった」

「そうですね。なにも変わってませんでした。僕を見た瞬間にへっぽこ呼ばわりしてすぐ魔法でけりをつける。野蛮人か」

「あれは……ステファンが悪いと思うわ。挑発なんかするから」

してたっけ。自信がない。マクアディとは久しぶりだったけど、いつも通りだった気がする。

「とにかく、ああなったバカはもう絶対人のいうこと聞きませんよ。姫でも誰でもです」

あ。姫泣きそう。いやでももしかし。

「こういうことはいいたくないですけど、あいつなりに僕たちを心配してのことだと思います」

「分かってるわよ。だから……」

「だから、見捨ててやるのも僕は親切だと思います。あいつは姫が悲しむのを嫌がります」

にもかかわらず、一番姫を泣かせているのはあのバカだ。ああバカ、死刑だ、やっぱり死刑。

姫は下を向いた。ティアラが落ちそう。

「なにもかも分かっているわよ……」

「ですよね。どうします？」

エメラルド姫はようやく顔を上げた。

「私たちで、まだなにかできると思う？」

「僕とマクアディは見捨ててもいいと思っています。でも……」

僕はいいたくないことその二を口にした。

「僕たち三人では、いつだって姫の決定が最終決定になってたと思いますよ」

○方針の変更

宝箱を枕にしたせいか、どうも肩が凝る。ため息がでた。天幕で一人きりだから、まあいいだろう。まったく、ため息なんて大人みたいになってしまった。へっぽこなんか生まれてこの方ため息なんかついたことないだろうから、若干優位に立った気はする。むなしい。立ち上がって毛布を畳みながら考えることは昔の級友のこと。

へっぽことエメラルドはちゃんと家に帰っているだろうか。俺のことを諦めてないとかないだろうな。そうならないように早めに戦死すべきだろうか。でもな、死んだら母さんマジ泣きしそうだしなあ。そもそも別に狙って死にに行かなくても、充分死ねそうなんだけどね。

まあ、生きられるだけ生きよう。エメラルドにも立場がある。すぐ次の行動には出れないはずだ。そしてその間に敵は次の手を打ってくるはず。三万で勝てなきゃ一〇万だとか、実際に連合はやりそう。そうなったらリアン国なんてすぐに脇に回されて、動くに動けなくなるだろう。

そう思ったら、気が楽になった。突撃将校らしく、明るく朗らかな気分になる。

〝悲しみ深く死が近く〟

〝地獄の足音　聞こえても〟
〝我ら突撃兵　心はただ朗らかに〟
〝前へ前へ〟
〝一歩でも前が名誉なり〟

歌いながら片付けをして服装を整えていたら、天幕の外、あちこちからひどく明るい歌声が聞こえて来た。調子を合わせ、靴で凍った地面を打ち鳴らす音も聞こえる。

俺は声を張って天幕の外にでた。俺の部下たちが良い声で歌っている。


〝弾雨来るとも吹雪《ふぶ》くとも〟

〝灼熱《しゃくねつ》の下、泥にまみれても〟

〝我ら突撃兵　心はただ朗らかに〟

〝前へ前へ〟

〝栄光へ向かって突き進め〟


「おはよう諸君、調子がよさそうでなによりだ。調子の悪い者は申しでてくれ、後送する」

一歩前にでた服装もかっちりした先任軍曹《ファースト・サージェント》が完璧な敬礼をした。

「おはようございます。大尉。大隊一三七名。今日も健康で朗らかであることを報告いたします」

「結構、先任軍曹《ファースト・サージェント》、それでは下士官団を集めたまえ、軍議といこうじゃないか」

「はっ」

中隊規模には過ぎた天幕に入って、敵の軍用地図を広げて我が国の地図と比較して違いがないことを確認後、敵の地図を利用して作戦会議をすることにした。

敵は自分たちが全滅することを想定してなかったらしく、地図には敵の配置がかなり書き込まれていた。

「この地図に書き込まれた情報は一週間ほど前のものと思われますが、かなり正確なもののようです」

先任軍曹が幼年学校の生徒を採点する顔でいった。実際先任軍曹は幼年学校で教えていたことがある。というか俺の先生だった。立場としては補助教諭だったけど。

「これによると敵は二個山岳師団、二個通常師団、旅団相当一つ。軍直轄の土属性勅任魔導師中隊だったようです」

イスラン伍長《ごちょう》がそう報告した。俺は頷《うなず》く。

「ということはだ。我々は今日までにその大部分を倒したことになる。捕虜の言葉を信じるなら、残るは山登りに精をだしている山岳師団一個だけだな」

　どの下士官も、顔が明るい。

「一個大隊の戦果としては未曾有《みぞう》の戦果であります。お国も半月かそこらは命脈が伸びたと思われます」

「そうだな。半月、それぐらいだな……」

　大戦果、そう、大戦果なんだよなあ。にもかかわらず、得られた寿命は半月。勝利で得た結果を拡大する戦力が足りていない。魔導師に対する兵が足りてないんだよな。俺の火力で得た結果を戦果に結びつける兵に当たる政治、軍、両方が足りていない。

「昨日のうちに報告はしているんだよな」

「はい。この後も伝書鳩《でんしょばと》を送ります。何羽かは必ず到着するかと思いますが」

「後方は動くかな」

「難しいでしょう」

　俺の期待を込めた言葉は、先任軍曹によって否定された。

「だよなあ」

　いってはなんだが我が軍も、その母体であるルース王国も負けすぎた。長い歴史を持つルース王国も残る支配地域は新王都とその周辺のみ、という有様だ。有力貴族もほぼ全部脱落、戦力で残っているのは僅かだろう。弱兵で有名な近衛《このえ》が少しと、かき集めた民兵が少し。肝心の魔導師がいない。

大戦果を上げてもその勝ちを利用できない、というわけだ。

せいぜい、そうだな。和睦の使者を送るくらいだ。うちにはマクアディがいますし、こんな小都市取ってもしょうがないでしょ。兵を退《ひ》いてくださいよ。と、そう交渉するくらいだ。

そして敵は、絶対にそれを呑《の》むことはない。俺は勝ちすぎた。そして若すぎた。生かせば長い年月、敵からして恐るべき戦力に備えをしないといけないだろうから、まあ、和平は選べないよな。王が俺を差し出して和睦するという線もあるが、その場合は敵を信用できるのかって話になってくる。そもそも俺が嫌がった時や、反抗したときに王国はどうしようもないので、この線はないだろう。そういうことをやってくるような王家や国だったら、俺はもっと早く、リアン国あたりが脱落したときに一緒に降りていたし。

つまりはこう、詰みだ。いや、詰みであるのはずっと前から分かっている。それでもまあ、最後までやるしかない。軍人というものはそういうものだ。

……まあ、考えても仕方ない。友軍によって戦果拡張できないなら、こっちでやるだけだ。

「敵の増援が来る前に、なにかをしたいところだな」

「こちらから打って出ますか」

前から待ち構えていた感じで、先任軍曹《ファースト・サージエント》はいった。俺は地図から目を離さずに頷《うなず》いた。

まだなにかできないか、考えている。

「今の状況だとそれしかないかな。相手が雑な作戦と油断しまくっていたおかげで、我が大隊は痛撃を与えることができた。が、次は敵の魔導師が健在な内はいかなる大軍でも油断せず、密集もさせないように動くだろう」

「将来の戦闘教範も書き換えられそうですな」

「そんな先までは知らないが、まともな士官ならすぐに対応するだろう。そしてそうなったら、俺が頑張っても戦果は減少する。広く薄く布陣した敵のどこかに引っかかって、俺の魔力が切れるまで波状攻撃が続くだろう。いつまでも、だ」

「楽しくもない未来ですな」

「まったくだ。となれば、敵が布陣する前、行軍中に仕掛けるしかないかな。敵が用意をしておらず、新王都に対して攻撃もされそうもない今が好機、ということになる」

俺はそこまでいった後、他に意見はないかと目線を飛ばした。

第二中隊を率いていた軍曹が挙手する。頷くと意見を述べ始めた。

「今度こそ、あの谷の道で防衛戦をするのはいかがですか」

あの谷、とは昨日戦ったあの道を指す。山の麓で戦うことを決めたときも同じようなやりとりをしたな。

「それも考えたんだが、今度も前回と同じ理由で駄目だな。たしかにあそこは防衛に向いている。が、逆にいうと移動する自由がほとんどなくなる。どの敵といつ戦うかを選べないのはつらい」

「突撃兵が突撃できないのは問題ですな」

先任軍曹《ファースト・サージェント》が口を出す。俺は頷《うなず》いた。

「どうせ戦うなら自由度の高い方がいい。もちろん。この任務は志願制だ。異論があったり、家族の顔を思い出したのであれば、いつでも後送するように手配するし、不名誉なことにならないよう、最大限配慮しよう」

俺がいうと、第二中隊を率いていた軍曹は敬礼した。

「はい。いいえ。自分は自分の命の使いどころをよく知っております。大尉の下で戦えば、いつ死んでもここが最高の使いどころであったと胸を張っていえるでしょう」

「おいおい、死にに行くんじゃないんだから、そんなに悲壮感を漂わせるなよ」

俺がいうと、皆は面白い冗談を聞いたかのように朗らかに笑った。

先任軍曹が言葉を引き継いだ。

「喜べ、大尉はまだまだ地獄を行軍されるおつもりだぞ」

「幸いであります！」

「では準備にかかろう」

先任軍曹がそういうと、下士官たちは機敏な動きで去った。

天幕には、俺と先任軍曹だけが残される。

「どうした。先任軍曹」

「大尉。大尉はどこかに逃げるという手があるかもしれません」

それをいうために残ったか。俺は苦笑した。

「逃げてどうするんだ。ここまで来て」

「ここまで来たからです。もはや誰も大尉を臆病者とはいわないでしょう」

「先任軍曹。君こそ俺のようなガキのおもりをしつつ、今まで良く戦ってくれた。君こそ」

「お断りします」

「だよな？　俺もそうだよ」

そういったら、先任軍曹は今まで見たことのないような苦笑を浮かべた。

「そうですか。では仕方ありませんな」

「そうなんだよ。仕方ないんだ」

それでその話題はそれっきり、俺たちは事務的に話を進めた。

すぐ進発したい、のだが兵がいささかくたびれている。そう聞いて今日一日を休養日に当てることにした。気はせくが、悪いことばかりでもない。ここからなら新王都もすぐ近くなので伝令を走らせることも無理ではない。

分捕った物資の中に馬がいたので、馬を使える農民出身の兵に渡して伝令とした。本来の伝令はとうの昔に戦死していた。

皆に遺書を書かせ、後送する。伝令はしきりに自分もお供するんで置いていかないでくださいよといって、馬を走らせた。

幼年学校では鼻つまみの悪ガキだったが、随分と好かれるようになったもんだ。

良いことはまだ続く。山岳師団は食べることができそうな野草などを大量に集めていた。俺たちには欠けている知識だったので、大変に重宝した。野菜……とはまた違うが、植物が食べたい時はあるものだ。きっと肉と塩ばかりでは身体《からだ》が持たないのだろう。

鹿じゃないんだけど。草がしみじみ美味《うま》い。

「草もいいものですな」

「草だけどな」

そう軍曹といい合ってのんびり過ごしていたら、先んじて谷の先に偵察に行かせていた小隊が戻ってきた。幸いこっちは山の中、見晴らしの良い場所から麓やその先の平野を視察できると思ったのだった。

実際、狙いは当たってかなりの範囲が見通せたらしい。

偵察小隊を率いていた軍曹が口を開いた。

「もう騎馬部隊の増援がきています。数は一〇〇〇ほど」

「騎士か、騎兵か？　どちらだ」

「先任軍曹《ファースト・サージェント》からお借りした遠眼鏡《めがね》で確認しましたが、それでも遠く、そこはなんとも……」

「まあ、そりゃそうか」

とはいえ騎兵と騎士は、似てるようで全然違う。騎士は下級とはいえ、全員が貴族、つまり魔法が使える。騎兵は馬に乗った兵、つまり魔法が使えないただの人間だ。その火力には大差がある。

「先任軍曹、どう思う？」

そう尋ねると、先任軍曹は皿を片付けながら口を開いた。

「騎兵は山ではほとんど意味がありません」

端的にして完璧な答えだった。

「となれば騎士だよな。魔導師だけ一〇〇〇名を先に送ってきたというところか」

今のこの状況、俺だけを狙う前提でいえば兵の数より魔導師の数が重要になる。兵一万より余程始末に悪い。こっちから打ってでて敵本隊に奇襲をかけたいところだが、それが難しくなった。機動力では馬に勝てない。

「それに加えて、先行して送れる距離まで本隊が来ている、ということでしょう」

「そうだな」

半月かそこら、時間を稼いだと思ったがそんなことはなかった。数日も稼げていない。

一個師団を指揮するのに必要な士官はおよそ三〇〇人。騎士一〇〇〇人を出してなお組織立った動きができる部隊規模となればはちゃめちゃな大きさの筈《はず》だ。

選出に応じられるとしてせいぜい全士官の一〇％だろう。となれば敵の全士官は一〇〇〇〇。三〇〇〇で割って三三個師団が近づいているというわけだ。一個師団一万五〇〇〇人としてだいたい五〇〇万人が向かってきてるのか。

敵はバカじゃないのか。そんなに兵を出してくるか普通？

見通しが甘かったなと苦笑がでる。まあ、そういうことはよくある話だ。戦争では誰でも……俺でも……甘い夢を見る。早いところ夢からさめて良かったとしよう。

もしかしたら生き残れるかもなんて思ったのが良くないな。国と運命を共にする覚悟が揺らいでたようだ。まあでも、誰でも……部下でも死にたくはないよな。

参ったねこりゃと思いつつ、不安そうな部下を前に平気なふりが求められる。

「こっちから探しに行かなくて良くなった、というところか」

「そうですな。例の谷を使ってもいいかもしれません」

今朝の軍議がいきなり無駄になった。いや、実際の兵が死ぬ前に、計画が盾になって死んだと思おう。士官学校はいいことを教えてくれた。そう思うと、がっかりしないで済む。

しかし、騎士か。不幸中の幸いは、山と土属性の相性が悪いことだな。土や金属に作用する土属性魔法は、高度な計算をしながら使用しないとだいたい大規模な山崩れなどの災害を起こす。だから、山岳師団に土属性勅任魔導師はほとんどいない。一方で陸軍全体の主兵はやはり土属性になる……土属性魔法は距離の二乗に比例して減衰する魔法の威力を無視できる、つまるところ、大きな岩を飛ばすことで岩の重量を攻撃力に変換できる……から、騎士一〇〇〇人といえど、全部は相手にしないでもいいかもしれない。うまくいけば半分以下まで減っているかも。

なんにせよ。騎士団を俺の魔法で焼き殺さないことには機動戦もなにもあったもんじゃない。もう少し情報が欲しい。

「とりあえず、偵察小隊を常駐させて情報を集めよう」

「承知いたしました」

時間はないが、いい手がないか、悩みながら考えないといけない。兵を休ませつつ、頭を使おう。

天幕に戻ろうとしたら、先ほど送り出した伝令が慌てて戻ってくるのが見えた。

「どうした。新王都でなにかあったのか」

「新王都に行くはるか手前で戻ってきました。王族の方がみえられます」

「はい？」

来る、とは視察かなんかだろうか。だとするなら、頼むから邪魔しないで、じっとしておいてくれ、といいたい。

俺の考えていることを理解したのか、軍曹が苦笑した。

「今まで一度も前線での激励などはなかったように思います。大尉」

「そうか。そうだな。じゃあなんだ」

伝令に尋ねたら、伝令は必死に覚えてきたであろう口上を述べた。

「大隊はその場で待機し、合流せよ。と」

「それだけか」

「はい。それだけであります！」

うーむ。正直、いやーな予感しかしない。お偉いさんがバカばっかりとはいわないが、この詰んだ状況まで国を追い込んだ責任がないとは誰もいえないだろう。

「今は黄金より時間が貴重なんだが」

そんなことといわれても伝令が困るのは分かっている。とりあえず、伝令の任は解いて遺書は俺が預かることになった。

それにしてもイヤだな。お偉いさんの相手をしている間に敵に攻め込まれるの。どこをどう考えても、間抜けな終わり方だ。

人生で一番参ったという顔をしていたら、先任軍曹《ファースト・サージェント》が助け船を出した。

「最初に少しだけお話をされて、あとを部下に任せるのはいかがでしょう」

「それしかないか」

それで、イスラン伍長《ごちょう》を偉い人対応にした。本人は嫌がったが、刺さってはいないとはいえ胸に矢を受けていたから、まあ仕方ない。戦闘任務に出すには不安がある。

聞けば、やってくる連中はほとんど徒歩とかいっているから、もう少し時間がかかるだろう。

俺はその間、地図を睨《にら》みながら考えることにする。引き込んで戦うのはしたくない。敵はいつ攻めてくるだろうかと、考え出すと先任軍曹がやってきた。表情からして、ろくでもないことが起きているのは確実だ。

「もう来たのか」

「はい。相当急いでおられるようで」

「和睦かなあ」

「それしかないと思いますが」

外にでると、えっちらおっちらと輿《こし》が揺れていた。近づいて来ている。

「戦場に輿で乗り付けるなんて昔話みたいだな。先任軍曹」

「おやめください。笑ってしまいます」

「俺は事実をただいっただけなんだが」

兵士もあまりの場違いな光景に目を丸くしている。正気を疑う表情であることは、なんの疑いもなかった。分かるぞ。俺もきっとそんな顔をしている。

「えーと」

言葉を選んでいたら、輿《こし》と外界を隔てていた布が開いて、中から女の子がでてきた。俺と同い年くらいの気がする。雰囲気でちっさいのを思い出して、俺は思わず目線を外した。

「あなたが、マクアディ・ソフラン？」

王家にまで家名を間違えて覚えられるとは、もうなんというかうちの先祖はどんだけ罪深いことをしたのかという気になった。うちはソンフランだっての。

「違った……？」

女の子は小首を傾《かし》げる。動作の一つ一つになんというか、圧倒的な場違い感を覚える。

横で、動きがあった。先任軍曹《ファースト・サージエント》だ。

「いえ。お嬢様。合ってはおります。ただここは戦地でして、戦地には戦地なりの作法があります」

おお！　偉いぞ先任軍曹。俺のいいたいことを良い感じに大人しい表現にしている。

「ああ。そう。ではどうしたらいいか、教えてくれるかしら」

ああ。そのいい方、ほんとエメラルドそっくりだ。なるほど。あいつだけじゃなくて姫君ってみんなそんな感じなのね。なるほど納得勉強になったわ。問題はエメラルドが話が分かる友達《ともだち》になるまで二年かかったことだな。同じ調子で会話してたら、多分ここに居る連中はみんな死んでルース王国は滅亡している。

「イスラン伍長《ごちょう》」

「はっ」

「どうもこのお嬢さんはなにか勘違いをしているようだ。一個小隊を預けるので新王都にお送りしろ。軍務卿には俺から手紙を書いておく。連れて行け！」

「はっ」

「ちょ」

多分お姫様であろう人が、右と左から兵に掴《つか》まれた。

「待って待って！　どういうこと？　私、この国の姫なんですけど！」

「だったら最初に名乗れよバカ」

あ。思わずエメラルドのつもりでいっちゃった。先任軍曹が吹き出している。

「ふ、不敬！」

「はいはい。不敬でもなんでもいいから、俺がくたばるまではルース王国は存続するから安心してくださいね。伍長」

「すぐ行きます」

さすが俺の部下は歴戦の兵だ。素早く行動を開始。不敬と叫ぶだけの女の子を輿ごと運んでいった。冷静になって考えるとよくないことのような気もするが、戦争の邪魔をされてはかなわない。

「王室尊崇の念が揺らぎそうですな」

「そういうな。先任軍曹《ファースト・サージエント》。ほんの子供だったぞ」

「大尉と同じくらいに見えましたが」

「そうか、じゃあいい間違えた。軍の幼年学校の同期先輩後輩にあんなやつはいなかった。どうも入学できなかったようだな」

「手厳しい」

「手厳しいかな。最初に姓名、所属と階級をいえと教えた教育軍曹がいなかったのではないかといっているだけだ」

「それは重要ですな。自慢ではありませんが、自分がお世話した学生はルースの虎、ルースの英雄と呼ばれているようです」

「我が王家最大の失敗は先任軍曹、君を王女につけなかったことだな」

「エメラルド姫で手一杯でありました」

「それもそうか」

俺と先任軍曹が談笑していると、今度は輿《こし》が二つやってきた。思わず二人して吹き出してしまった。

「増えた！　増えたぞ先任軍曹！」

「戦場でも声を荒げることがない大尉を狼狽《ろうばい》させるのですから、攻撃としてはかなり有効ですな」

兵が我慢できずに大笑いしている。

慰問としては悪くないが戦争中になにやってるんだという気になる。戦争なんだからさ。真面目《まじめ》にやれよ。

戻ってきたイスラン伍長《ごちょう》が申し訳なさそうな顔をしている。俺は笑って軽く手を振った。気にするな。というか、お偉いさんのやることで部下を一々罰していたらすぐに部隊は全滅する。

輿から鷲鼻《わしばな》の老人がでてくる。ああ。この人は顔見知りだ。ラブール・レコ・マリス。現国王の伯父で、軍務卿。俺に色とりどりの金ぴかおもちゃ、勲章を渡しながら、しきりに引退しろとかいっていたじいちゃんだ。当時は冗談きついとか、俺のこと嫌いなんだなと思っていたが、今振り返れば、あれは衷心《ちゅうしん》からの助言だったんだろう。

つまるところ。このじいちゃんは話が分かる。

俺は顎を軽く動かした後、直立不動の姿勢を取った。部下全員がそれに倣う。敬礼。

「大隊は未《いま》だ戦闘能力を残しております。閣下」

「そうか。頼もしい限りだ」

「はっ。しかしこう、たかだか一大隊を見に来られるとは、お国はよほどの危機のようですね」

俺がいうと、じいちゃんは思いっきり顔をしかめた。

「知っての通りだバカもの」

俺は苦笑した。このじっちゃんは足腰が萎えているから輿《こし》、というのは分かる。この山では馬車も無理だし、その年では馬にも乗れないだろう。

「して、軍務卿閣下、なんの御用でしょうか」

「うん。まず、出世だ。本日この時をもって、貴君の全ての名誉称号は正式な称号になる。栄典の他、給与、手当もそれに準じる。給与についてはこれまで差し止めていた分を含めて即時支払う」

「はあ」

気のない返事をしたら、横の先任軍曹《ファースト・サージエント》が口を開いた。

「これで大尉から大将に七階級の出世ですな」

「軍務卿、なにかの冗談ですか？」

「大真面目《まじめ》だ」

本当に大真面目な顔をしている。俺は意味を計りかねた。

「なるほど。この期に及んで、なぜですか」

「この期だからだ。もうマクアディ・ソフランが権力を握ることを危惧する勢力は消滅した」

「逃げ出しましたか」

「自害したもの、呆《ほう》けるもの、王を害してその首で降伏を図るものもおったな」

ひょうひょうと語る軍務卿。新王都は新王都で、忙しかったらしい。

「なるほど。要するに、我々が戦死する前に出世させておくということですか」

そんなことしないでも立派に戦いますよといおうとしたら、じっちゃんは首を横に振った。

「そういう風に曲解されると思って、直接やってきたのだ」

「なるほど？」

なるほどといいながら全然分かっていない。俺はじっちゃんが語るのを待った。

「戦う準備で忙しかろうから手短に話そう。話はみっつだ。一つは出世と報酬の件」

「はい」

「次に、王、王妃が薨去《こうきょ》された」

「いつですか」

「今頃だ。私が最後に拝謁した時はご存命であったが、既に攻撃を受けていた。王は仮宮ごと魔法で消滅させるおつもりだ」

「敵は王を害してその首で降伏を図るもの、ですね」

「そうだ。降伏するにもいささか遅すぎるという判断すらできなかったらしい。間抜けも極まる」

なるほど。それで落ち延びてきた、というわけか。参ったな。また作戦変更になりそうだ。さすがにじっちゃんや女の子を連れて突撃戦はできないだろう。

じっちゃんは、苦笑して遠い目をして口を開いた。

「王より伝言を言付かっておる。真の忠臣に対して、これまで報いて来られなかったことを申し訳なく思う。と」

死んだ人に謝られてしまった。なんというか微妙な気分だ。

「えーと、まだご存命でしたら王の救出も給料の内と思いますが」

「それには及ばぬよ。マクアディ。どのみち王は死なねばならぬ。最低の中の最善のためにな」

「……それについては教えていただいても？」

「もちろんだ。それが最後の用件になる。事後で申し訳ないがマクアディ・ソフランは昨日、王の養子となった。これは既に布告済みで連合にも通知している」

俺と先任軍曹《ファースト・サージエント》はお互いの顔を見た。いった本人は会心の冗談だったのかもしれないが、本人が死んでいるとあっては笑えない。

「分かりませんが、了解しました」

「物わかりがいいな、マクアディ王子」

「納得しているわけではないですよ。話を最後まで聞かないことには判断できかねる案件だと思っただけです」

「ほっ、ほ。少しは成長したな。良いことだ。大人の思い通りにならないというのは重要だ。上司に食ってかかることくらい覚えねば、尉官はともかく高級将校には向かん」

「覚えておきます。それで、どういう話ですか」

「命令、というよりも王子にお願いがある」

んんん。なんか嫌な予感がしてきたぞ。いや、あの御姫《おひめ》様が来た時からそうだっだけど。

「なんでしょう」

「ルースの英雄だろう。王子、腰がひけておるぞ」

「軍人として今までやってこれたのは、自分の嫌な予感に従う、なんですよ。俺の足腰は全力で撤退を進言しています」

「そんなに嫌なお願いではないぞ」

絶対嘘《うそ》だと思ったが、言葉の続きを待った。じっちゃんは微笑《ほほえ》んで、口を開く。

「ルース王国としての最後の命令、あるいはお願いというのは、生き延びろ、ということだ。一分でも、一秒でも長く、な」

「生き延びる、だけ、ですか、その後の命令は？」

「ない」

そんな曖昧な命令、命令になりませんよ。ああ。だから、お願いなのか。

横の先任軍曹《ファースト・サージェント》が挙手した。発言を求めているらしい。じっちゃんは頷《うなず》く。

「横から失礼ですが、マクアディ〝大尉〟にお仕えする者として疑念を晴らさせてください。今更人道主義に目覚めた、という訳ではないと思いますが、その心はなんでしょうか」

じっちゃんはそう返されることを予想していたようだ。微笑んで頷いた。

「それが、そのまさかなのだ。今更我が国、王家は人道主義に目覚めた、いや、思い出した。こと、ここに至り、我々ルース王家や有力貴族だった者たちが犯した過ちに……一四歳の子を巻き込むことはないと」

「遅すぎますな」

「その通り、遅すぎた」

じっちゃんは、いや、軍務卿は深々と頭を下げた。微動だにしないで下げられたままのじっちゃんの頭を見て、俺は頭をかいた。

「それだけ、ですか」

俺がいうと、じっちゃんは顔をあげて笑顔になった。

「さすがは王子だのう」

「大規模な攻撃の前には目くらましを行う。と士官学校で学んだので。実際、どうなんですか。味方になにかを隠してもしょうがないでしょう。話をしてください」

「ははは。いや、大したものではないのだ。王子が生き残っている間、ルースの遺民たちは希望を持てる。いつか王子が国を解放してくれると」

「それだけですか」

「そういえば、案外本気で生き延びてくれそうだと思ってな」

「俺が、ですか」

「その通りだ」

なるほどー。そういうもんかな。そうかもしれない。いやいや。

俺は顔をあげてじっちゃんを見た。

「他にもう二、三個隠し球ありますよね」

「なぜそう思う？」

「今聞いたものは軍務卿の希望のように聞こえます。親しく言葉を交わしたことはありませんが、国王や王妃の意向が別にあるような気がしました」

「ああ。そうだな。その通りだ。だがまあ、大した物ではない」

「どういうものでしょう？」

じっちゃんは若干早口になった。

「まあそその。養子とはいえ、王子になったからには妹たちができたわけでな」

「え、あれですか」

俺は輿《こし》のもう一つを指さした。じっちゃんは手をこすりあわせて、売りつける商品の欠陥がバレた商人みたいな顔をした。

「駄目かのう」

なるほど。我が娘を託すと。そのためなら全財産をはたく、冷遇していた男にも詫《わ》びを入れる。これが親か。そうだな。これこそ親だ。うちの両親も、同じ立場なら同じことをしてくれるだろう。

俺は苦笑した。

「そういうことなら最初からそういってくださいよ。むしろ、それを最初にいえば面倒がなかったのに」

「怒らんのか、マクアディ」

「怒っても良いですけどね。俺だって木の股から生まれてきたわけじゃないんですよ」

「助かった。ありがとう」

じっちゃんは再度頭を下げた。顔を上げたときには晴れ晴れとした顔をしていた。

「この谷で防衛戦をするのであれば、わしが戦おう。王子はすぐにも脱出計画を練って貰《もら》いたい」

○マクアディ被害者の会（5）

軍というものは大勢の人間から成立する。いわば社会そのものだ。だから社会一般がそうであるように、犯罪もあれば、いさかいもある。法務官として、中佐として、私はそれに当たる必要があった。

事務所で仕事をしていたところ、にわかに騒然となる。援軍が来たという。想像以上の素早さだ。

急ぎに急いできたらしい援軍、連合の騎士一〇〇〇騎を率いていたのは、ニクニッスのフーノベリ侯爵、つまり私の父だった。

「無事だったか、アスタシア」

つまりそれが私の名前だった。父は人目も憚《はばか》らず、階級を無視して私を抱きしめた。この時ばかりは父として振る舞うことにしたらしい。

「はい。お父様もご無事で」

「無事なものか。お前が負傷と聞いて肝を冷やしたぞ。軍務への参加など許可すべきではなかったと、なんど馬上で思ったことか」

「リアン国の姫将軍が良くしてくださいました」

「おお、そうか。感謝せねばならない。聞けば虎相手にも善戦したとか」

「ヘルハウンドを使用したとのことです」

「火属性無効か。ふーむ。飼い慣らすのが難しいが、我が軍でも導入を一考してもいいかもしれんな」

父はそういって、その足で軍議にでた。大敗で消沈する味方を激励する役割も持っていたらしい。

「すぐにも連合の主力一五万が到着します。ご安心召されよ」

大声でそんなことをいう。本当なら援軍到着まで半月ほどもかかるところを、七日に縮め、さらに騎馬に乗れる魔導師……すなわち騎士だけを選出して送り込むことまでしたとのこと。それもこれも私の負傷を知っての行動だろう、父が色々なところでどれだけの借りを作ったか、考えるだけで頭が痛かった。

「なあに。マクアディの首も、すぐに姫殿下の前に差し出してご覧にいれます」

父はそういったが、リアン国の姫将軍の表情は晴れなかった。きっと、マクアディ少年が私の父にも危害を及ぼすかもしれないと、そう思ったからに違いない。

確かにそれは私も心配だ。心の中ではマクアディ・ソフランの味方である私だが、父を殺されたらそれを貫けるかは自信がない。

父とマクアディ少年が戦わない方法はないだろうか？

それればかりを考えていたら、ルース王国から使者が来たという報告が来た。

「おお。なんだ、戦う前から降参か！」

父はそんなことをいっている。私としては願ったりかなったりだ。喜んでいたら、使者は私の想像もしていないことをいい始めた。

「連合を自称する諸国に通告する。このたびルース王国はマクアディ・ソフランを養子に迎え、その名をマクアディ・レコ・マリスとする。第一王子であり継承権第一位であることをいい添える。またこれに伴い各種の名誉称号を正しい称号へ切り替える。ご承知されたし。以上」

「以上？」

父だけでなく、多くの貴族が身を乗り出して、聞き直した。使者は胸を張ったまま、頷《うなず》いた。

「以上である。失礼する」

使者はそれだけいって本当に帰ってしまった。皆があっけに取られた。リアン国の姫将軍すらも、びっくりした顔をしている。それはそうだろう。

「降伏でも、和平の申し込みでもない？　ど、どういうことだ！」

父が叫んでいる。元から声が大きくて恥ずかしいのに、今日は絶好調だ。ええと。

「なにかの策、だと思いますが」

父の参謀を務める老将オスティンがそういった。そうか。そうかもしれない。

「どんな策だ。オスティン」

「はっ。我らの混乱を狙っているのではないかと」

「なるほど」

父は周囲を見回したあと口を開いた。

「確かに有効な手ではあるな。だが、それでどうしたというのだ。僅かな時間を稼いで、それでどうする。たしかにこの軍議は混乱したが、すぐに収まるだろう」

結局虎を狩ることに違いはないでないか。父はそういった。私は、父とマクアディ少年が戦わないようにするなら今が狙い目だと思った。

「失礼します。フーノベリ侯爵」

「んん？　どうしたアスタシア、ではない。中佐」

「ルース王国で内乱が起きた可能性はないでしょうか」

「内乱だと？」

「はい。マクアディ・ソフランが反乱を起こし、王座を簒奪《さんだつ》した可能性です」

もちろん、その場の思いつき、適当ないい訳だった。本物のマクアディ・ソフランは、そんなことをしない。少年ならではの純真さで、ルース王国の大義を心から信じている可能性が高い。

これで父を丸め込んで、様子を見ましょうという腹づもりだったが、全然違う処《ところ》から横やりが入った。

基本、会議では黙っていたリアン国の姫将軍、エメラルド姫だった。

「それは絶対にありません」

強いいい切り方に、皆の視線が集まった。彼女は瞬間しまったという顔をした後、侍従長に依頼して言葉を伝えた。

「虎は最前線にこそ現れます。これは罠《わな》でしょう。と仰せです」

確かにそれはそうだ。だがそれでは戦いを避けられない。エメラルド姫はきっと、ムデン侍従長がマクアディ少年の剣の先生であったことを知らないに違いない。後から参戦したリアン国にとっては、どうしても戦果が欲しいのだろう。

私が反論を考えていると、父が大笑いして手を叩《たた》いた。

「オスティン。お前のいうとおりだな。混乱、そう混乱だ。中佐も、姫殿下も、冷静にならねばなりません」

そうして会議は一端中断することになった。父としては後続の有力諸侯がくるのを待って、多数決で軍議を決めるつもりなのだろう。それでいい、少しは時間を作ることができる。

その間になんとかマクアディ少年に連絡をつけ、降伏させる。それしかない。

最大の邪魔はリアン国の姫将軍だ。どうにか彼女の動きを封じなければならない。

肩の痛みを思い出す。まったく、なんでこんなことになったのかと思うと少し面白くなってきた。私を怪我《けが》させた相手を、私は必死にかばおうとしている。

しかし、自分の心に嘘《うそ》はつけない。悪いのは子供を戦場に立たせるようなルース王国、
それだけだ。

私はムデン侍従長に会いに行った。彼も同じことを思ったか、すぐに面会に応じてくれた。

エメラルド姫の天幕の横、侍従用の天幕の中だった。

「面会、ありがとうございます」

「ははは。なにをおっしゃいます」

ムデンさんは素敵な白髭《しろひげ》を揺らしてそういった。やはり男性はこれくらいの年齢からが
輝くと思う。

「実は折り入って話が」

「なんでしょう」

「ああ、でもあの、マクアディ少年のために、エメラルド姫に報告するかどうかは少し考
えて欲しいのですが」

「なるほど。マクアディ・ソフランのために。分かりました」

気持ち大声でムデン侍従長はいった。隣の天幕が揺れた。きっとムデン侍従長の部下が
聞き耳を立てようとする何者かを止めたのだろう。気の利く方だ。

「それで、なんでしょうか」

ムデン侍従長は私のこわばりをほぐすように微笑《ほほえ》みながらいった。私は背を押された気分になって口を開く。

「父、フーノベリ侯爵がマクアディ少年と戦うのを避けたく思います」

「なるほど。それは確かに重要ですな」

「はい。正直にいうと父が勝っても、負けても、私は困ります。ムデン侍従長も、マクアディ少年が戦死するのは避けたいのではありませんか」

「はい。かの少年をみすみす殺すのは、忸怩《じくじ》たる思いがあります。敵とか味方とか、そういうものではなく、大人として」

私は身を乗り出した。

「はい。そうですよね。私もそう思います」

「いやいや。中佐もまだ大人といえる年齢ではないのでは」

「それは……そうですけれど。それでも思うのです。一四歳の私は、どれだけ愚かだったかと。でもそれは、本人のせいではありません」

「そうですな……」

ムデン侍従長は天幕の幕を見ながら頷《うなず》いた。

「その通りです。なにか、考えがございますか」

「ルース王国の策に乗るべきだと思います」

「ほう」

「つまり我々が混乱するのです。それだけで、しばらくは慎重になるでしょう。リアン国も同調していただければ、援軍が来るまでは決定を留保できるでしょう」

「その後はどうなさいますか」

「ルース王国から降伏を引き出します。王家の安堵《あんど》とマクアディ・ソフランの処刑回避。これを軸にやれればと思います」

「うまく行きますかな」

　隣の天幕がそうだそうだという感じで揺れた。気のせいだろうか。気のせいだろう。人間はなんでも自分の都合の良い方に思ってしまうと法学の授業で学んだ。

「はい。秘策があります」

「ふむ。どんな秘策でしょうか」

「マクアディ・ソフランと私が婚姻すれば良いのです」

　隣の天幕でなにかが盛大に倒れる音がした。

「使用人かなにかの粗相……でしょうか」

「あーはい。そうですな。ともあれ、その考えはいくらなんでも自己犠牲が過ぎるように思います」

「ありがとうございます。もちろん本当に婚姻するわけではありませんよ。ただ、婚姻すればルース王国の正統な支配者であるという題目と、あの強力無比な魔法の才能、両方を手に入れられると思わせればいいのです」

「ふむ。メス家の主張に色がついたと」

「はい。あの時は商家しか動かないような案件でしたが、ルース王国の後継者、支配者の正当性と合せれば貴族も無視できない価値になります。血の弱った大貴族などいくらでもいますから」

実のところをいえば、我がフーノベリ家もそうだ。嫡子《ちゃくし》の私も、中級ほどの魔法しか使えない。しかも属性はマクアディ少年と同じ火属性、もしマクアディ・ソフランの血が我が家に入ればその価値は大いに上がるだろう。貴族的には血筋を重視するので本来なら下級騎士の子などどれだけ才能があっても歯牙にもかけられないが、王子、となれば話は別だ。将来的にこの地を巡って開戦する口実にもなる。

あれ、そう考えると本当に悪くないかも。

「どうされましたか」

「い、いえ。本当にお得かもしれないと思っただけです。貴族らしくなくてすみません」

「昔とは違うのです。商業を無視しては貴族も立ちゆきません。とはいえ、確かにそうですな。現状では一番マクアディ少年が生き残る可能性が高いように思います。案外ルース王家は、マクアディ・ソフランを生かすためにこのような奇策にでたのかもしれませんな」

○マクアディ被害者の会（6）

天幕に耳をつけていた僕とエメラルド姫は、憲兵中佐の言葉を聞いて互いに顔を見合わせた。

エメラルド姫は、顔面蒼白《そうはく》になっている。

「ど、どうしよう。ステファン」

「え、割といい話じゃないんですか？」

僕がそういうと、エメラルド姫は足を踏みならして怒り出した。慌てて手で口を塞ぐことになった。もちろん、ちゃんと布を用意してある。素手で御姫《おひめ》様の顔や髪にぺたぺた触るばかりマクアディとは、違う。

あとはムデンさんがどうにか誤魔化《ごまか》してくれるのを祈ろう。

「声を小さく」

「でも、声を小さくしたら怒っている感じがでないんじゃない？」

「怒るよりも聞き耳立てていることが暴かれる方が問題だと思いますよ」

「そ、そうね。でも」

明らかにエメラルド姫は動揺している。

「でももなにもないですよ。だいたいなにが問題なんですか。あいつを助けるのが目的なら、完璧ですよ。僕たちなにもしないでもいいじゃないですか」

「で、でもでも、マクアはあんな胸ばかり大きな年上のお姉さんはあまり好きではないと思うわ」

「あいつの女の趣味なんか知りませんけど、いえ、存じませんけど、死ぬよりいいんじゃ」

エメラルド姫は怒って足を踏みならした。慌てて、連れ出す。遠ざける。

「※☆△○……!!」

「いや、そんなことといっても。えーと。こんなことはいいたくないんですけど。そもそもエメラルド姫とあいつが結ばれる可能性なんて元々ないわけで」

そんなことはなによりも姫が自分自身でよく分かっているはずだ。裏切った弱小国の姫と、最後まで抵抗して英雄になってしまった軍人。そもそも身分違い。さらに今は政治的にまずい。裏切った弱小国の姫が王子になったあのバカを引き取った日には、リアン国が周辺国に攻められて滅ぶし、あのバカは二度まで自国を滅ぼした男になってしまう。

ああ。僕って損な役割だよなあ。嫌われると分かってて友達《ともだち》に嫌なことをいうんだから。

「ああもう! 泣かないでくださいよ。だからばかマクアディは嫌いなんだ。くっそー」

第二章

RECORD OF VERMILLION WAR

Genius magic commander
wants to escape

○大脱出計画

雪はぱらついているが空は晴れている。天気雨ならぬ天気雪だ。俺は空を見上げて、白い息を吐いた。

生き延びろ。ねえ。

朝、先任軍曹《ファースト・サージェント》とどっちが先に死ぬ？　ねえ。みたいな会話をしていたのが急に恥ずかしくなった。これだから戦争は嫌いなんだよ。予想外のことばかりが起る。ステファンを力づくで進路変更させたのは大正解だったな。あいつ今頃俺に大感謝しているんじゃないか。

自分の頬《ほお》を叩《たた》いた。手袋越しなので別に痛くもなんともない。しかし、頭は切り替わった。良い野戦士官は過去にこだわらない。こだわっていては何度も部下に死ねとはいえなくなる。

悪いことばかりではない。死んで欲しくない人に死ねといわないでよくなる。むしろ、良いことばかりじゃないか。

よーし。生き延びるぞ。とりあえずは包囲網を破らないといけないが。だがその後はどうしよう。優れた指揮官たるもの、ちゃんとその先も考えておかないとな。

まあ、その後は数時間で答えを出すとして、とりあえずは死に場所を見つけたという顔をしている軍務卿のじっちゃんを止めることにした。兵士もよく陥る心理状態なのだが、死ぬ覚悟は、大体有害だ。どんな者であれ、死んだらもうなんの役にも立たない。そして負けている軍隊に限って死にたがりが多くなるのだった。

「軍務卿、時間稼ぎとかいりませんから。というか、健康に気を使って一日でも長生きしてください」

俺がそういうと、じっちゃんは不服そうな顔を見せた。ここまで、部下や同僚、時に上官とうんざりとするほどやってきたやりとりだ。

軍務卿はいった。

「わしが生きてどうする。人数は少ないほど落ち延びるのには良いはずだぞ。そもそもわしは足腰が……」

「いや、年寄りでもなんでも強力な魔法が使えるなら戦力としてあてにしたいです。それを時間稼ぎに使うなんてとんでもない。ぎりぎりまで俺に使われてから死んでくださいよ」

「酷《ひど》いいいようじゃな！　年寄りに！」

「あー。はいはい。それでいいですから。俺や大隊を期限なしにこき使うなら、自分もこき使われてください。あいこってやつですよ」

「楽になれんな……」

「お互い様ですよ」

俺は大隊の兵を見た。部下を最終的にすり潰すことだけが心残りだったが、命令が変更されたのなら、気が楽だ。俺は心から朗らかに、部下に告げることにする。

「我が501突撃大隊はこれよりルース王国最後の命令を実行する。残念だが現刻をもって悲劇の英雄として歴史の教科書に載るのはやめにする。給与、手当は保証、ちゃんと満期除隊は用意するので、それまで従って欲しい」

兵の反応は様々だ。それを、先任軍曹《ファースト・サージエント》がまとめ始めた。具体的には俺に発言許可を得て喋《しゃべ》り出した。

「給与と手当を最初にあげるところが大尉らしいですな」

「先任軍曹、小遣いを減らされるのが子供の頃に一番つらくなかったか。俺は部下にはそんなことはしない。あと終わらない課題ほどつらいことはない。だからちゃんと終わりも作る。二年頑張ればどうにかなるようにする。この任務は志願制だがどうだろう」

先任軍曹はわざとらしくため息をついた。

「終わらない課題と申しますが、夏期休暇の宿題を一つも解いておられなかったのが原因では」

兵の皆が笑い出した。輿《こし》の件で兵が笑いやすくなっていたのが良かった。大きな笑いのあとには思考は正常化する。

「人間どんな経験も役に立つということだ。先任軍曹」

「しかし、大隊の給料はどうするのですか。雀《すずめ》の涙とはいえ一三十七人です。合せればそれなりに高いと思いますが」

「まかせろ」

俺は今朝まで枕にしていた宝箱を持ってこさせた。箱の大きさの割に、重い。

「こんだけあればなんとかなるだろ」

皆がおお。といいながら宝箱の金貨銀貨宝石を見た。

「いいですな。これまでの大尉の不払い給与が我々の給料になるのではないかと心配しておりました」

頷《うなず》く軍曹。俺は苦笑した。

「それでも構わないが、皆遠慮しそうだからな」

「違いない」

兵士の一人、熊のような一等兵がいった。兵士たちはそれを合図にして朗らかに笑い始めた。

「英雄になって大尉と銅像や絵画になりたかったんですが仕方ありませんな」

「すまないな。みんな。俺も歴史の教科書にでて落書きされたかったが、命令なら仕方ない」

仕方ないという言葉をこんなに朗らかな気分でいったのは初めてだ。

「さて、では脱出を考えよう。軍務卿が連れてきた兵や下士官は全部指揮下に置きますけどいいですね？」

「もとより共に死ぬために連れてきた私兵だ。二〇名いる。好きに使って構わん」

「ありがとうございます。先任軍曹《ファースト・サージエント》」

「すぐに数えます。壊滅していた第二中隊を復活させましょう」

「よし。それでいけ」

　これまでなんの構想も立ててなかったんで大変だな。いや。そうでもないか。守らなければならないものが一旦なくなったので、自由に動ける。自由、なんて素敵な軍事用語だろうか。多くの軍人が恋い焦がれて欲しがるものを俺は手に入れている。

　……まあ戦況はちっとも好転してない訳だが。

　ともあれどうしてやろうかと考えていたら、軍務卿が乗っていなかった方の輿《こし》から人が降りてきた。

　さっき見た如何《いか》にも貴族という感じではない。衣服は貴族のそれだが、どこか庶民的な感じがする。なんでそんなことを感じるのかと観察していたら、にこりと微笑《ほほえ》まれた。ああ。こういうところだな。貴族は目下の表情に気を配ったり、迎合したりはしない。……侍女ではないよな。降りてきた娘はエメラルド姫より背が低い。これは本物のちっさい子だ。それが後ろに先ほど追い返した貴族の娘ぽいのを連れて、元気がいいというか体重が軽い者特有の軽やかさで近づいて来た。

背中が見えるまで頭を下げてくる。追い返した貴族の娘は、小さい娘の後ろに隠れようとしているが到底隠れ切れていない。

小さな娘がいった。

「お初におめもじ致します。兄さま」

「兄さま？」

「はい。兄さまですよ？　お父さまの……アルディア王が養子にされる勅宣をだされたのですから、お兄様は私の兄さまです。軍務についてはうといですが、できる限りがんばります」

「なるほど。君は王女ってこと？」

「はい。ああ、兄さまは私の名前も顔もお知りになってないのですね？」

「申し訳ない。王室尊崇の念はあるんですが、幼年学校の中途卒業式で、とても遠いところから一度見たような？　くらいなので」

「お気になさらないでください。兄さま。私はラディア・レコ・マリス。今年で九歳になりました」

おお、先任軍曹。九歳なのにとんでもなく賢い子がいるぞ。と、後ろを振り返っていいたいがいえないのが残念だ。まあ、あとでいおうと思いつつ、ラディア姫の後ろに隠れている大きな方を見る。

「で、後ろの娘は」

「はい！　私の姉でメディア・レコ・マリスと申します。私の四つ上で母は違いますが、仲良くして戴《いただ》いています。兄さまより一つ下ですので、メディアお姉さまも妹になります」

「なるほど？」

まだラディア姫に隠れているメディア姫を見る。うつむいているが顔が赤くなった。

「お姉様？」

「……あ、兄ということにしておいてあげるわ！　でもいい気にならないことね！　あなたは卑しい生まれなのですから！」

俺は横を見た。

「軍務卿、この子だけ置いていくのは……」

「許してくれ、この通りだ」

じっちゃんに頭を下げられてしまった。

「兄さま、お許しください」

あげく、ラディア姫にまでかばわれる始末。なんというか可哀想《かわいそう》になってきたぞメディア姫。しかしこう、この娘たち合せて王女は三人見て来たけど、俺をぶん殴りにきたのは一人だけだったな。当然で普通よとかいってたが、全然普通じゃなかった。

俺は軽くため息をついた。考えても仕方ないことは考えない。これ軍隊の鉄則。

「いきなり兄だといわれても困るのは分かるが、小さな子を盾にするのはやめろ。俺の王室への尊敬が下がる」

そういったら、リスのようにメディア姫は頬《ほお》を膨らませた。うーん。いや、年齢相応か。第二王女が優秀過ぎるんだろう。

「次に、文句をいうなら俺に、ではなく、そこのじっちゃんにいえ。俺は関係ない。というより。望んでこうなったわけではないのは俺も、君たちも、ここに居る下士官、兵も同様だ」

「じっちゃんとはなんじゃ！」

「その意気です。軍務卿。ともあれ、この子たちの面倒も見てやってくださいよ。うちは完璧に男所帯なんで、とてもではないが、まともな配慮はできません」

「女騎士と侍女を数名連れてきた」

「はい。彼女たちを兵士が襲ったりしないように手配しろ。先任軍曹《ファースト・サージエント》」

「大尉が略奪、強姦《ごうかん》する兵を片っ端から処刑するからそんな兵は残っておりませんよ」

「そうか。ならいい」

俺の言葉で、なぜかメディア姫は震え上がった。え。そこ胸をなで下ろすところじゃね？

色々こう、変な娘だ。

「構想については昼までに考える。それまでは一端休むこと」

イスラン伍長《ごちょう》が手を上げた。

「なんだ。伍長」

「新王都への伝令命令ですが……」

「もちろん取り消しだ。ありがとう」

俺は一人天幕に入った。まずは構想、今後のことを考えないといけない。この段階で人の意見を聞いてもいいことはないと教わっている。指揮官の考えがない会議は指揮官の責任の放棄だ。自分なりの考えを持ってから軍議に臨むべきだろう。

腕を組んで、一人きりなのをいいことに思いっきり難しい顔をしてやる。兵や下士官の前では悩んでるそぶりなんて欠片《かけら》もできないから良い気分だ。どうでもいいことなんだけど、禁止されると変顔したくなる。

まあ、生き延びるのはいいとして、どうやって生き延びるかだよな。敵はこっちの居場所を大まかに把握しているから、山狩りでもなんでもしてくるだろう。普通にやれば交戦して一度や二度は勝てるだろうがそのうち疲弊して負けるのは間違いない。一回戦えば敵が集まってくるのは間違いない。

新王都まで後退して潜伏する手もあるが山狩りと同じ展開になるだろう。単に場所が変わるだけだ。

それに、戦闘になれば民間人が巻き込まれる。これは軍人として避けたい。正義があると思えるから兵は死地に臨めるし、敵を殺せる。俺もだ。となれば、じっちゃんのいった通りの脱出作戦かな。

んー。俺一人と軍曹、あと数名の兵だったら山ごもりして山賊の真似《まね》していれば相当長く持つだろうけど、それじゃあ大勢見捨てることになるからなしだよな。

ということで、一五万の兵による包囲を突破する。ここまでは確定だ。前と同じ。問題はその先。

一時間ぐらい唸《うな》ったのち、妙案をひねり出す。

脱出の先どうするか。もちろん戦争だ。ルース王国を奪還する。そのために持久戦をする。兵の動員には金がかかるから、そのうち、連合はそれぞれの国に軍を帰す。その後で攻勢を開始すればいい。そのうち敵は財政的に戦争を放棄せざるをえなくなる。

母さんは子供を殴るようなことはしなかったが、怒ると度々小遣いを取り上げたものだ。あれはきつかった。軍隊ならなおさらだ。敵軍撃破ではなく敵国の財政を破綻させる戦争形態は士官学校の教授が将来の戦争と称して論文を書いていたのを軽く読んでいたので、多分再現できる。当時は、母さんみたいな人がいるんだと思っただけだったが。

ああ。母さん元気かな。思えば三年くらい会ってないや。

不意に、俺は軍人に向いてないと母がしきりにいっていたことを思いだした。反対のあまり、幼年学校入学の時の見送りも来なかったくらいだ。兄さんによると泣いていたというけれど。父さんはその母さんをなだめるのに大変だったらしい。

……向いてるか向いてないかといえば、向いていたな。

苦笑して、やることをやろうと考える。産みの母だって間違えることはある。まして他人、敵の動きを読み間違えることは双方ありそう。時間はないが慎重に戦いたい。

「大尉、お考えの途中申し訳ありません」

外から声が聞こえた。先任軍曹《ファースト・サージエント》の声だ。切羽詰まった声の気がする。

「どうした、先任軍曹」

天幕をでる。先任軍曹が待ち構えていた。

「天馬です。二騎が頭上を旋回しております」

「偵察か」

随分と素早い動きだ。敵、一の騎士を率いるのは相当の出来者だな。

先任軍曹が口にする。

「高度が高くて矢が届きません。魔法でなら、と思いまして」

俺は敵の姿を見つけようとして目を凝らした。しばらく時間がかかった。最後は先任軍曹に指さされて、気づく。

天馬は魔法で翼を生やしたただの馬だ。そういう生き物があるわけではない。かつては人体に翼を生やす方法が多用されたが、この方法だと魔法を繰り返す内に人が変質して化物になることが多かった。それでここ一〇〇年ほどは人間以外の生き物に翼を生やす方法が選ばれている。

天馬に乗った騎士は、ケシの実ほどの大きさだ。つまり、小さい。良く見つけたな。あんなの。

「落とせますか」

「無理ではないが魔力を消費しすぎるな。距離の二乗に比例して消費する魔力は増大する」

この距離では敵からの攻撃も届くまい。そもそも乗っている魔導師は変身属性のはずだ。まともに戦う手段はないだろう。

俺は軍曹を見た。

「ほっとけ。敵の能力がある程度分かった分、こっちも情報を得たと思おう」

「了解しました」

「部隊移動。森の中に入るぞ」

「はっ」

俺は天幕に入って荷物をまとめながら考えを巡らす。時間はあまりない。いい手はないか。

○マクアディ被害者の会（7）

婚姻の策を胸中に秘め、私が父と話をつけようと天幕に向かうと、大騒ぎが起きていた。

手近な騎士に、ニクニッスの国章をつけた者がいたので、声をかける。

「なんの騒ぎ？」

「あ、中佐。虎が見つかったのです」

「父の元へ案内してください」

「はいっ」

騎士は中尉だった。記章を見る限りは風属性らしい。軍では優遇される系統ではないので、きっと貴族の責務として数年、軍務を果たすために出仕したのだろう。

「こちらです」

「ありがとう」

私は貴族としての礼をすると、そのまま天幕に声をかけた。

「お父様」

「んん？　アスタシアか。どうした」

天幕に入ると今まさに軍議の最中……という感じではなかった。軍議に絶対必要な地図がでていない。しかし、深刻そうな顔で話し合いが行われた雰囲気だった。

「折り入ってお話があったのですが……お取り込み中でしたか」

父は、疲れた顔をしている。軽く頷《うなず》くと、私を手招きして横に立たせた。

「虎の情報が入ってな」

「私もそれについての話だったのですが、お取り込み中でしたか」

「まあな。連れてきた騎士の一部が、血気逸《はや》って虎を狩りに行ったのだ」

「軍規違反ではないですか」

「それがそうともいえんのだ。各国各部隊から選出したのでな。指揮系統としてはなお移動中の後続隊に属するとかいい出しておる。まったく忌々《いまいま》しい」

「どんな国であれ、我がニクニッスに睨《にら》まれることを考えない国はないと思っていました」

「その通りだ。娘よ。我が王の威光は遠くこの地にも及んでおる」

しかし、といって父は苦笑い。

「虎を倒した武人という勇名は、それ以上の価値があったようだ。不敬なことよな」

「武人なんて古くさい……」

「その通りだ。だがそれ故に、信奉者がいるのも確かなのだ」

「正気を疑いますね……。マクアディ・ソフランの魔力量は異常です。一人で一個師団、貴族でいえば二七〇人以上の火力があります」

私がいうことなど父は分かっているという風。それで、苦笑して口を開いた。わがままをいったときの私に、父がよく見せる表情だ。

「アスタシア、どんな戦いも仕掛ける方は相応の心積もりがあって行うのだ。これは先走った連中も同じであろうよ」

父は話は終わりだという風に手を振った。

「そんなことより、お前の話はなんだ。お父様というからには、軍人ではなく、娘としてここに来たのだろう？」

「はい」

私はそういって頷くと、マクアディ少年との結婚の話をすることにした。

この先はどうにかするから、今の危機は自分でどうにかして貰《もら》うしかない。彼の武運が、まだ続いていることを祈るばかりだ。

◯奇貨

さしあたって、大隊全員ならびに王女たちを森の中に入れた。物資もなるべく、引き入れる。

通常、兵には三日分の食糧を持たせるのが野戦軍の習いだが、今回はなるべく多く持たせたい気持ちだ。補給の数が少ないほど指揮官の選択肢は増える。

輸送用にもっと馬が欲しい処《ところ》ではある。

先任軍曹《ファースト・サージェント》がのんびりとした口調で喋《しゃべ》り出した。

「敵はどうでますかな」

「偵察の次は攻撃だろう」

敵が優勢で距離が離れている以上、敵が防戦準備をするなどはありえない。時間稼ぎもしないだろう。する意味がない。

問題はどう攻撃してくるかだ。

山を登ってくるなら時間がかかる。小部隊で三日、大部隊なら七日かそこらはかかるだろう。

しかし、予想をはるかに超えた速度で急行してきて、さらに今偵察騎まで放ってきている敵だ。先行部隊を出すとかして時間を縮めている可能性がある。すぐにも動き出す必要がある。

　木陰に隠れた兵が手を振った。

「敵偵察騎、帰還」

「二騎ともか」

「はい」

「なるほど。構想を述べる。下士官団と軍務卿を集めてくれ」

「はっ」

すぐに人が集まってきた。呼んでいないのだが、ラディアとメディアの二人の姫もいる。

俺がなにかいいたそうな顔をしていると思ったのか、ちっさい方の姫であるラディアが、
俺の目を見ながらいった。

「兄さま、私たちにも魔法の力はあります。参陣をお許しください」

「王が二人を俺に託したのは、生かすためだよ。戦わせるためではない」

「はい。存じています。でも兄さま、生きるためにはなんでもすべき状況だとも思うのです」

　やっぱりこの娘は賢いな。姉のメディアはラディアの後ろに隠れつつ、いうことを聞いて納得したような顔をしている。

　俺は苦笑した。

「分かった。でも、あまり危ないことはさせないのでそのつもりで」

「はいっ」

元気の良い返事で、思わず下士官も苦笑いをしている。中々簡単に死体を晒《さら》せなくなってきた。死体というのは、大体酷《ひど》い状態だからな。子供に見せるにはちょっと早い。

「敵が航空偵察を行うとすれば、厄介です。我々は天馬ほど早く移動できません」

「森を使う。常緑森を移動する分には見つかりにくいだろう」

「それしかありませんか……」

先任軍曹《ファースト・サージェント》は悔しそう。この人物にもかわいげがあったかと、ちょっと笑った。

「まあ、敵が攻めてくりゃやりようもあるが、今のところは無理だな。それよりこの先だが、部隊を分離しようと思う」

俺がそこまでいったところで、遠くで盛大な音がした。皆が揺れた。

レンガ、だった。

天馬が遠くからレンガを落としてきている。森の外、山岳師団が立てていた天幕が倒れる。なるほど。考えたな。単にレンガを落とすだけ、なら距離の二乗で減衰する魔法の効果を無視できる。

「あったま良いなあ。見たか先任軍曹」

「大尉、頭のネジが外れすぎですよ。そこは感心するところではありません」

「いや、感心するところだろう」

「あんなのが雨霰《あめあられ》と降ってきたら酷ですよ。大尉」

敵は森にもレンガを落としている。天幕で照準修正をやったあと、俺たちが逃げた方に攻撃を開始したんだろう。

「動かず、反撃せず、大人しくしていろ」

「はっ。しかし、隠れているばかりでは士気に影響します」

「天馬の搭載量はたかがしれている。攻撃の切れ目は来る」

あとは当たらないことを祈るばかりだ。レンガが一〇歩ほどのところに落ちてくる。炎の矢で迎撃したいが、魔法を使うと居場所がばれる。なので、魔法は使わない。

しかしよくできた敵だな。しかし航空攻撃だけ、というのは攻撃力に大きな不安が残るな。俺がやるときはちょっと考えよう。

皆が不安そうに空を見ている。攻撃できない、運を天に任せるという状況は土魔法による長距離投射で慣れていると思うんだが、方法が違うと不安になるらしい。慣れの問題か。慣れだろうとなんだろうと兵が不安なのは事実だ。これは、確かになにかしないといけないようだ。士気を保つためにやりようがあることを見せる必要がある。

しかしまあ。騎士のくせに質の悪い馬を使っているなあ。天馬といえば格好《かっこ》いい馬というのが相場なのに。酒樽《さかだる》みたいだ。

倒す方法を考える。いくつも思いつくが、手口を見せれば次には対策するのが戦争というものだ。できれば一度で最大の効果を得るようにしたい。

「先任軍曹《ファースト・サージエント》、ちょっといってくる。兵は俺の姿に注目するように伝えろ」

「弓の使える者を出します」

「いや、いい」

俺は少し笑った。

「心配するな。ちょっといってくる。姫君たちの目を塞いどいてくれ」

俺は単独で離れた。人数が多いと気付かれる。

森の切れ目から見たところ、敵は数十というところだ。少ないが、俺だけを殺す、という話なら十分な戦力だろう。むしろ航空魔法を使える変身属性魔導師は数が少ないから、数十を集めたことを誇るべきかも。

しかし、戦い方としては荒い。確かに数十でことは足りるだろうが、それは俺にもいえる。距離の問題さえどうにかなれば、俺一人で数十を片づけるのはわけない。

そもそも装備しているレンガの数があまり多くないのに狙いもつけずにばらまきすぎだ。レンガは安いから安易に使ってしまうんだろう。

レンガはもう打ち止めになった。ちょっと残念な気持ちだ。せっかくの良い着想が、運用の不徹底で台無しだ。士官学校ちゃんとでてるのか？

しかも敵は、戦果を確認するためか、下に降りてきている。迂闊《うかつ》というか、これは実戦慣れしてないな。騎士だけで急行してきた敵の配下とは思えないようなお粗末な動きだ。優秀な指揮官の下で戦う兵の動きではない。

つまるところ指揮系統を無視したはねっ返りかなと先任軍曹に訊《き》こうとして、居ないことに気付いた。先任軍曹がいないというのはつらいものだ。まあ、歩いて二〇〇歩ほどのところで待機しているんだけど。

無造作に降りてきた騎士を一人、火の矢で撃ち抜く。脳漿《のうしょう》をばらまいて馬上で倒れる仲間に、驚いてさらに近づいた敵数名を射殺した。残りが逃げようと高度を上げ始める。

しかしもう、遅い。

俺は足元の石を拾って投げつけた。手から離れる瞬間、爆発させて石を飛ばす。面白いように遠くの敵がバラバラになった。

上から下に落ちる力と同じように爆発で生じる圧力は距離の二乗に比例しない。ただ物理の法則通りに動く。それを利用すれば、こういうこともできる。

レンガを落としてきた敵に感謝だな。素晴らしい着想だ。だからこそ、適当に使ったのは罪深い。

それにしても素晴らしい。僅かな力で遠い敵を倒せる。これは今後主力にしたい。いや、敵に真似《まね》されるとイヤだから、ちょっと使うところを考えないといけないけど。

無心になって爆発石投げの練習をしていたら敵が全滅していた。間違って天馬を五、六頭くらい殺したが、残り一〇以上は所在なげに降りてきて、うろうろしている。この辺、ただの馬という感じだ。後天的に翼を生やしているせいで、空を飛ぶ生き物らしい動きになっていない。

「先任軍曹《ファースト・サージェント》、喜べ、馬が手に入ったぞ。しかも翼がついている」

そういったら、どうしょうもない人ですなという顔で先任軍曹が寄ってきた。周囲を確認している。

「全滅ですか」

「ああ。一人も帰してはいない」

「了解しました。では失礼して」

先任軍曹は大きく息を吸った。

「兵ども！　怯《おび》えるおまえたちを哀れに思って大尉が全部の敵を倒したぞ！」

歓声が上がる。

「士気高揚もいいが、王女たちに死体を見せるなよ」

「過保護ですな。ラディア王女と同じくらいの時には大尉は戦場に居《お》られたと思います」

「そうだな。だが全員が戦争に慣れたわけじゃない」

半数ばかりは最初の戦いで、さらに残りの半数が次の戦いで死ぬか精神に変調を起こした。人が人を殺すなんてことはそんなものだ。

「一応、面倒はイスラン伍長《ごちょう》に見させております。あれは子供を子供として見過ぎるきらいがありますから丁度良いかと思います」

「そうだな。胸に矢を受けていたし、丁度いいだろう」

「分離をするとおっしゃっていましたがどうされるのですか？」

「そうそう、話の途中だったんだよな。話すために軍務卿のところへ行く。それと兵に馬を収容させつつ、遺体を片付けさせろ。死体の方は集めたら山岳師団と同じように俺が焼く」

「はい。谷底に落として不死者《アンデッド》にしてもよさそうですが」

「軍法ならびに国際協定違反だ。軍曹」

軍曹は敬礼した。

「申し訳ありません。すぐかかります」

素早く指示を出しに去って行く。

俺は苦笑、死体を戦力にしたい。というのはまあよくある軍事的な要請だ。敵兵の死体なら尚更《なおさら》利用したい、というのも分からないじゃない。しかし、それは敵国やら味方の士気に著しくかかわる。少なくとも死体を使っている時点で正義を名乗るのは世間一般では極めて難しくなる。

それに、不死者《アンデッド》はたいていの場合、ずっとその場に留《とど》まって長くその地域の交通などへの妨げになる。フーノベリ条約が結ばれる以前、数百年前の戦いの不死者は、今でも一部地域を害し続けている。

まあ、新王都にされてしまった街の住民からすれば、この道は外界との接続に使う貴重な道だ。それを長期間使えなくするなんてことはしたくない。

俺は意図的にゆっくりと、散歩から帰ってきた気軽さで皆の元へ歩いて行った。余裕の演出だ。実際敵が間抜けで余裕だったのだが、外にそう印象づけておくことは重要だ。

「兄さま、もうよろしいですか」

イスラン伍長《ごちょう》の手で目を覆われた、ちっさいラディア王女がいった。

「ああ。もう大丈夫だ」

「兄さまは過保護ですね」

「過保護でいいんだよ。俺は慣れるまで酷《ひど》い目にあった。でも、だからといって他人を同じような目に遭わせようとは金輪際思わない」

イスラン伍長に軽く頷《うなず》く。イスラン伍長はこういう任務こそがしたかったんだろう。本当に嬉《うれ》しそうだ。まったく、下士官としてはあるまじきぼんくらだな。まあいいけど。

一方、メディア王女は自力でうずくまって目をつぶり耳を塞ぎ、見えない聞こえないようにしていた。戦いが苦手なんだろう。なんというか、色々残念だが、戦いが嫌いというこの一点で仲良くできそうな気がするな。

「メディア王女、もう大丈夫だよ」

そういったら、ひぃといわれて、ついで顔をあげた。涙と鼻水で顔がぐちゃぐちゃだ。妹から布を貰《もら》って顔を拭っている。新兵あるあるだな。兵は誰も笑うまい。俺も笑わない。この子と昔の俺にどれだけの差があったか。

それで、なるべく優しくしようと思った。軍人的な優しさではなくて、人間として。

メディア王女は俺を見上げた後、呆《ほう》けた顔をしている。

「大丈夫だ。分かる？」

頷くメディア王女。何度も頷いた。何度も。

「戦いにどうしても慣れることができない者、怖くてしょうがない者、人を傷つけることができない者。いくらでもいる。だから自分を責めたりしないでいい」

それは俺が昔いって欲しかった言葉だった。

「あ……お……あなたは最初から大丈夫だった？」

「いや。全然。でも自分の意志でこの道を選んだんだ。志した時は戦争のなにも分かってなかったけど、それでも自分で選んだのは間違いない。それに部下がいた。俺にどれだけ問題があろうと、部下は関係ない。部下を巻き込むわけにはいかない。だから強くなるしかなかった。他に一つも選択肢はなかった。でもメディア王女、君はそうじゃない」

「私は王女……なんだけど」

「好きでそう生まれたわけでも、好きで戦地に来たわけでも、俺のようなやつが兄になったのも、望んだわけではない、だろ？」

「……う、うん」

「だから、なるべく戦争から遠ざかって、怖いなら震えていていい。望むなら酷《ひど》い目に遭う前に死ねるようにも手配しよう。だから」

俺は軍人的でない笑いがどんなものか忘れたようだ。だからなるべく、優しくいった。

「だからあんまり、苦しまないでくれ。俺も、下士官も、兵も、戦うのは自分たちのためだけではない。そう思って戦場にいる」

「は、はい」

「結構だ。ラディア王女もだよ。生き残るために手伝いたい。それはとても良いことだ。だが、戦い以外でも手伝いができることはいくらでもある」

「はい。兄さま。私は兄さまが大好きです」

「それは良くないな。どんな判断だろうと、許された時間のぎりぎりで行うべきだ。戦場では自分が思っている時間の一〇〇分の一とないことが多いけどね。好きとか嫌いはそうじゃないだろう。慎重に判断すべきだ」

周囲を見ると、イスラン伍長《ごちょう》が涙ぐんでいる。後ろの兵たちがなぜか泣いていた。

「先任軍曹《ファースト・サージェント》、なんでみんな泣いている？」

　先任軍曹は泣いてなかった。良かった。

「大尉の講話、心に沁《し》みました」

「沁みるな。大したことといってないだろ」

「いいえ、勲章叙勲の時とか士官学校に行って講話されるときも、ここまで感動的な話ではありませんでした」

「バカをいえ。あんときは必死だったわ」

　俺は地図を広げた。

「いいから、俺の構想を話すぞ」

「照れ隠しですか」

「一々いうな。地図を見ろ。軍務卿もこちらへ」

　軍務卿が寄ってきた。

「まさか、軍人でないものを新王都へ向かわせるとかいわんよな。今あそこは」

「王を売り飛ばそうというやつらがいるんでしょ。大丈夫です。行かせたりしませんよ」

「では、なにをするんじゃ？」

「山岳師団は新王都を目指さず、わざわざ俺を待ち構えていました。さっきの連中も部隊を全滅させるには手駒が少なすぎます。敵の狙いは俺なんですよ。敵からすれば新王都も王家の人間もどうでもいいとまではいわないけど、俺よりはだいぶ優先順位が低いんじゃないかな」

「駄目じゃ」

じっちゃんは険しい顔でいった。

「マクアディ。わしがお前を王の養子にと願ったのは、いよいよの時は降伏の折衝に当たらせるためだ。お前を無下《むげ》に殺すためではない」

「そうです。兄さま」

ラディア王女が背伸びして俺に抗議した。

「大丈夫、大丈夫だって。俺の部下を見てください。しれっとしてるでしょ。まだ慌てる処《ところ》じゃないから」

じっちゃんとラディアと、俺の上衣の裾を引くメディアのせいで、口調がぐちゃぐちゃだ。ややこしい。

「大尉は安易な自己犠牲などなされません。しぶといからこそ、戦果を上げ続けておられるのです」

「いいぞ先任軍曹《ファースト・サージェント》、もっといってやれ」

「安易でない自己犠牲もやめてください」

「やるわけないだろ」

皆の目が疑いの目だ。ん。さっき俺がいい話したと褒めてたのになんだその態度。

俺は皆を見直して、説教することにした。

「いいか。先任軍曹。今の包囲を突破するだけじゃないんだ。戦いはそこから、随分と長い。皆の満期除隊二年は本気だからな。閏月《うるうづき》までいれてあと七二〇日と一〇日は頑張って貰《もら》う。俺がこの初期段階で脱落したらこの後どうするんだ」

「はっ。自分は大尉を信じておりました」

「絶対信じてなかったろ。まあいい。んで。とにかく敵の狙いの大きなところが俺なら、それを最大限生かすべきだ」

やっと皆が黙って俺の話を聞く感じになった。良かった良かった。

「話を戻すと山からの偵察と推測から、敵は三三個師団を展開すると思われる」

「五〇万の大軍か。冗談のような物量じゃな」

「俺もそう思います。が、事実です」

「絶望的ではないか」

本当に絶望的な顔で軍務卿がいっている。この人は悪い人ではないが頭が硬すぎる。

「いえ。そうでもないです。敵の狙いが新王都である場合なら確かに絶望的なんですけど、俺を狙う、というのなら、やりようはあります」

俺がそういうと、先任軍曹が顔をしかめた。

「やはり自己犠牲ではありませんか」

「だから、違うって」

「自分だけが戦って囮《おとり》になる、というものでしょう」

「なんで俺だけが戦うんだよ。お前は俺のなんだ」

「隊の先任軍曹《ファースト・サージェント》であります」

「隊の仕事はなんだ」

「命令を守ることであります」

「俺の命令をな。んで今回の命令は、大人しく待ってる、ではないぞ」

「納得の命令をいただけますな?」

「先任軍曹、軍隊にあるのは、〝はい〟だけだと教えたのはお前だろう」

先任軍曹は俺の英雄的行為を警戒している。いつの間に信用を無くしたか。あれだな。谷の出口で山岳師団を相手にしたとき、兵を使わなかったせいだな。あれで先任軍曹は俺が兵や下士官のために死に急ぐのではないかと激しく警戒をはじめた。思えば思い当たるやりとりがあった気がする。がんばって信頼を再構築しないと今後の部隊運営に問題がでるな。困ったものだ。

「話を続けるが、我(々)の目的が新王都の防衛であり、彼(敵)の目的が新王都の攻略であれば我は戦うしかできなかった。が。今は状況が異なる。我は新王都の防衛にこだわ

らないでいいし、彼はこちらの捜索こそを優先させるだろう」

俺は地図を見ながら指さした。

「敵は大兵力を用いて包囲、山狩りというアホなことを本気でやってくるだろう。大変な金と補給が必要だ。正気の沙汰とも思えない」

「ルースの英雄を倒すためなら、それだけの戦力がいる、と判断しているのだろう」

じっちゃんがそういったあと、俺の顔を見た。

「どうするのだ」

「我々が、この辺にぴょんと、でてきたらどうでしょう」

俺はヘキトゥ連山から離れた平野の一つ、かつてのルース王国の交易中継地ヘドンを指した。歩兵の足で西に一〇日ほどの位置になる。いい方を変えると、ここに俺がでてきたら敵は一〇日かける必要がある。さらに近づかれる前に、また別の処《ところ》へ飛ぶ。敵は包囲網を敷くために大兵力を運用するということ自体が難しくなる。

我ながら冴《さ》えた手だと思ったが、じっちゃんは苦り切った顔をしていた。

「ヘドンといえばリアン国の近くだな、リアン国に逃れるのか」

「まさか。リアンに行ったところで、連中は追いかけてくるだけです。こっちというかルース王国ほど市民感情も良くないでしょう。今後逃げ回る場所は、あくまで旧ルース王国国内です」

「ふむ。もう一つ疑念がある。どうやって敵の包囲網を越えるというのか？」

「戦わずに、ですね。割と簡単でしょう」

「どれだけ距離があると思うておる」

「そう、それです。敵も同じことを思ってると思います」

それで、俺は先ほど得た戦利品を指さした。若干太り気味で駄馬っぽいが翼の生えた馬。天馬。きっと悪い顔をしていたと思う。

「幸いにも結構手に入れました。これを使いましょう。高度が十分なら攻撃のしようがないのは我々で確認済みです」

「大尉、それでは全員を脱出させられません。頭数が少なすぎます」

「先任軍曹《ファースト・サージェント》。なんで脱出が一回きりになっているんだ」

「はい？」

先任軍曹の間抜けな声は中々耳に心地良い。

「攻撃されないんだから何回脱出してもいいはずだ。天馬で移動させたあと、また天馬で戻ってきて避難する。これを繰り返す」

「なるほど」

先任軍曹が考え出した。いい傾向だ。

「しかし、繰り返すとなると、天馬を追跡されたらことですな」

「隠れてやるのが望ましい」

「夜間行軍ですか」

「それも考えたが、馬に乗れる兵の練度が高くない。まして飛行だ。やったことないからな。その上夜間飛行となれば、うまく行く気がしない。ので、昼にやる」

「それだと見つかります」

「そうだな。技術的問題だ。先任軍曹《ファースト・サージェント》、そこをうまくやる手を考えてくれ。お前の仕事だ。重要だぞ」

「はい。数名お借りします」

「分かった」

「兄さまは馬に乗れるのですか?」

ラディアが背伸びしながら俺に尋ねた。顔が近い方がいいらしい。

「今は養子だが、生まれは騎士の息子だったからな。生まれた頃から乗ってるよ」

うちにあったのは半分農耕馬だったけど、とはいわないでおいた。不安がらせても仕方ない。

「それなのに騎士叙勲されていなかったんですね」

この賢い姫は、俺の経歴を良く知っている。きっと勉強したんだろう。褒めるべきか、痛々しいというべきか。

「重大な秘密を教えよう。騎士叙勲は一八歳からなんだ」

「そうなんですね！」

ラディアは何故《なぜ》か嬉《うれ》しそう。後ろに控えていたイスラン伍長《ごちょう》が口を挟んだ。

「大尉が騎士にならないで幸いでした。大尉は突撃兵にとっては大当たりですからね」

「大当たり？」

「士官が誰になるかで、兵や下士官は寿命が決まるんです。短くて着任当日に戦死、普通でも数週間くらいが多いと思います。そういう意味では大尉はまず火属性勅任魔導師でしたからね」

伍長はそういっているし、兵士の立場としてはまったくその通りなのだが、軍という規模だと火属性勅任魔導師はハズレだったりする。威力が距離の二乗に比例して減じるので、大岩を飛ばす土属性魔導師と違って前進配備するしかないからだ。使い勝手が悪く、損耗も多い。

一方歩兵から見ると、常に傍《かたわ》らにあって強力な火力を発揮するアタリ、というわけだ。

頷《うなず》いているラディアを見ながら、あとでこっそり教えておこうと思った。今後役に立つかは微妙だが、王女が歩兵の常識を持つのは軍制を歪《ゆが》めかねない。

○マクアディ被害者の会（8）

悪魔、というのはああいうのをいうんだろう。顔だけなら可愛《かわい》らしいともいえる、ふわふわ髪の人が、優しい顔で告げた。

望むなら酷《ひど》い目に遭う前に死ねるようにも手配しよう。と。

この人は親切で私を殺すのだろう。とても残念そうに。おそらくは本心から悲しそうに。

小水が飛び散るかと思った。ある日突然私の兄になった人は、本物の悪魔だった。本当の悪魔というものは、一切の悪意がないと、たまに王家の説法に来る大僧正がいっていたのを思いだした。本当だ。悪意がないから、躊躇《ちゅうちょ》もない。

それでも、全力で逃げなかったのは何故《なぜ》だろう。話題が移った後でも私はそればかりを考えていた。見た目に騙《だま》されたのか。それとも……。

それとも、本当に悲しそうだったからだろうか。慰め方は間違っている気がするけど、真心は感じた。感じてしまった。

分からない……と思っていたら、妹から揺すられた。

「姉さま、お疲れになるのが早すぎます」

そうかもしれない。でも仕方ないと思う。なぜなら私は、あまりできが良くない。

私の名前はメディア・レコ・マリス。ルース王国の第一王女。血筋は良いが凡庸な王と、同じく血筋は良いがそれだけの王妃の間に生まれた。子は親に似るというのは魔力に限った話ではないと思う。事実私は、なんの取り柄もなかった。それで良いと、父王はいわれていた。下手に有能だと行き遅れる、とも。

この点、妹のラディアは違った。生母が仕事と結婚したと長くいわれていた女官長だったせいか、私と違ってとても、とても優秀だった。

ことあるごとに比べられ、陰口を叩《たた》かれ、幼い私は不思議に思ったものだ。そんなの十分に分かっている、いわれるまでもない、と。もっとも私の声は陰口よりさらに小さかったから、誰にも聞こえなかったようだった。

妹を嫌いになれたらよかったのだが、妹は私をいつも立ててくれていた。それこそが賢い生き残り方であると理解しているようでもあった。なるほどそうか、生き残る、とは私にもいえる。息苦しい王宮で生き残るために、私もなにかをしなければならないと思った。

私の選んだ方法は、立場を明確にする。だった。遠くからでも私が居ると主張する限り、聞こえる範囲の陰口はなくなる。それで私は、ようやく心の安寧を取り戻した。妹には遠く及ばないけれど、自分なりに勉強しようと取り組めるくらいには前向きになることができた。

でも、その方法ではあの悪魔にはまったく通じないようだった。だって悪魔だもの。私のことも、私の悩みも、どうでもいいのだろう。そもそも私の声は小さくて、悪魔に届きそうもない。

悪気がないのはいいとして、悪魔を兄と呼ぶのは、どうなの？

私は上目がちに悪魔を観察した。先ほど、一人で多数の騎士を打ち破ったにもかかわらず、それが当然という風に軽口混じりに部下と会話をしている。

この人が、兄。私のことも知らないようだった人。なのになぜ、命を賭けて戦えるのだろう。

グズグズしている私と違って、妹ラディアは機敏に動いていた。もう全力で悪魔を兄さまといって取り入っている。それは元々そうしようと話し合っていた内容だった。

どうあれ、王家の命脈は王子となる人物に託すしかない。それが、姉妹で出した結論だ。

たとえ相手がイボガエルだろうと、取り入って生きる道を探す。私はいきなり失敗したけど。

イボガエルと悪魔。果たしてどっちが良かったんだろう。そんなことを思った。

○マクアディを狙う者の会（1）

また、姉さまがウジウジしていらっしゃる。はぁ。我が姉ながら仕方ないですね。でもいいのです。最初からあてにはしていませんでしたから。

姉さまはいい人です。不義の子である私も妹として扱い、決して粗略にしませんでした。私の能力を妬むことすらしません。であれば、多少人付き合いが壊滅的でも、どんくさくても、許せます。というか、私が許します。反論は許しません。

私の名前はラディア・レコ・マリス。マクアディ・ソフランの妻となる女。

時を遡ること一年。私はマクアディ・ソフランに与えられることが内定していました。国として与えられる恩賞は全て与え尽くし、この上はなにもなかったのです。それに、マクアディ・ソフランが裏切った瞬間に、ルース王国は滅びるのはその頃には誰の目から見ても……童女の私からしても……はっきりしていました。

だから……父さまから直々に、お前をマクアディ・ソフランにやることになると聞いた時には、そうだろうな、という感想しかありませんでした。

どうせなら良い妻、良い結婚にしようと思ったのは当然の話です。それで私は情報収集に努めました。

それが今、役に立っています。夫から兄に変わりましたが基本的にやることは同じです。

一年準備したのに知らないことがあれこれでてくるのには驚きましたが、それでも、計画通りです。予習は重要ですね。

それにしても……。意外なことに兄さまは姉さまに優しくあろうとしているようです。

戦果や戦いの手法を見る限り、イボガエルも真っ青の人格だと思っていたんですけど。

○マクアディ被害者の会（9）

　気付けば数日で自陣は味方で一杯になっていた。大敗で三万の兵が散り散りになったというのに、もう盛り返している。明日にはさらに兵がつくという話だ。マクアディも大変だな。さして遠くもない未来に建つであろうあいつの墓に、なにを持って行ってやればいいんだろう。

　浮かない顔が見つからぬよう、僕はなるべく平静を装って自軍の陣地へ急いだ。不審がられても面白くない。

「帰る……」

　リアンの姫将軍、エメラルド・リアン・リアンガがそういったのは、昨日のこと。マクアディの件で、心が折れてしまったらしい。僕が悪いんじゃない。僕が悪いんじゃないんだからな。みんなマクアディが悪い。

　くっそ。あのふわふわめ。あと姫も姫だ。ちょっとしたことでやる気無くして。まったく。

　ああくそ。僕にもっと力があればなあ。あのバカ、あのふわふわの半分の力でもあれば、さっさとあのバカのところに行って参陣して、エメラルド姫が泣いたじゃないかバカとぶん殴りたい。おおお。

ムデンさんのところに行く。顔を見て、首を横に振られた。姫は誰にも会われないらしい。だよね。分かっていた。

えー。やっぱり僕が悪いのかぁ。

「ステファンどのは悪くありませんよ」

「うわっ。僕、口にしてました？」

「いえ。表情だけで分かりましたが」

そういえば、あのバカにもいわれてからかわれた覚えがある。ああくそ。墓にお前が好きだったお菓子山ほど置いといてやるからな！

「姫様は帰るとかいってましたけど。まったく困ったもんですね」

「そうですかな？」

「違うんですか！」

「まあ、一国の姫君としては問題ですが、大事な人が死ぬか、結婚するかなのです。乙女としてはそれも仕方ない気がいたしますが」

「う、うーん」

死ぬか結婚なら、結婚の方がずっといいじゃないかと思うのは僕だけなんだろうか。そもそもあの胸のおっきな人も助命の策だっていってたし。いいじゃないか、マクアディが生きてたって。まあ、そんなことは姫だって分かってるか。女って大変だなあ。

「理解、できかねますかな」

片目をつぶりながらムデンさんはそういった。ムデンさんが人を量る時の癖だ。僕は少し考えた後、何度か小さく頷《うなず》いた。ムデンさんは少し笑った。

「こればかりはある程度歳《とし》を取らねば分からぬものです」

「僕だけじゃないですよね、マクアディも絶対分かっていませんよね？」

「それについては確実かと」

「よし。互角だ。いや、それはいいとして、帰れるんですか？」

「これだけお味方が増えてきましたからな。大敗北で我がリアン国参戦の面目も立ったでしょう」

「負けたのに面目が立つんですか？　変なの」

「大人の世界というものは時に理不尽そのものでございますよ。実際の処《ところ》。連合にとってはリアン国が大きな戦果を上げたら扱いに困るでしょうしね」

「扱いに困るくらいなら無理矢理《むりやり》参戦させなければいいのに」

「そうでございますな。まあ、いずれにせよ。今になって思えば、メス家、東方三国、我々と、負けるために集められていたのかもしれません」

「えー」

酷《ひど》い話だった。政治ってやつなんだろうけど。

「じゃあ、思惑通り負けたから許すと？」

「そうなりますな」

なるほど。あのバカが、早く帰れというわけだな。気持ちは分かる。ここはろくでもないところだ。

○脱出作戦

俺は天馬に乗ってみた。正直にいうと部下のいないところで練習したかったが仕方ない。翼が変な位置に生えているので跨《また》がりにくいが、なんとかなるかな。

馬の中でも一番素性が良さそうなのを選んで鞍《くら》と手綱をつけて、まずは馬の好きなように歩かせてみる。どうやれば飛ぶだろう。試しに飛べ、といったら、飛んだ。

あっというまに地面から離れてる。駆《か》け上がるという表現がぴったりの動きだった。馬としては翼だけ動かすのは気持ち悪いのだろう。

俺一人乗せる分には十分だな。これを使えば頭上から敵軍を燃やし尽くすことだってできそうだ。命令じゃないからやらないけど。

それにしても高いということはいいことだ。遠くまで見えるというそれだけで今後の戦争の形は変わるのではなかろうか。

しばらく乗り回して、地上に降りる。馬はちっとも疲れていない様子。これなら包囲網突破は難しくないだろう。

「先任軍曹《ファースト・サージエント》、これはいいものだな。敵軍に行き渡ってないといいんだが」

「そんなに簡単に作れるものなら、とうに実戦投入されているでしょう」

「そうか。それもそうだな」

　変身属性魔導師の使う変身魔法は、成功率があまり高くない。多くが変身に耐えられないで精神に変調をきたすともいう。今のところはそれを根拠に敵が天馬をあまり保有していないことを祈るしかない。変身属性の魔導師は魔導師の中でも珍しく、一〇〇〇人に一人も生まれないから、今回倒した魔導師たちが全部変身属性の魔導師とすれば三三個師団としても理論上は全滅させたはずだ。間違ってないよな。頭の中で再計算する。三三個師団で士官はまあ一万人くらい。その一〇〇〇人に一人といえば一〇名だ。間違いない。よし。士官とは算術である。とは士官学校のありがたい教えだ。実際、入学試験は算術と数学しかなかった。商家に婿入りさせるつもりで熱心に勉強させてくれた家族に感謝だな。

「大尉、天馬で荷物を運んでみました」

　自ら手綱を取って天馬を操る先任軍曹《ファースト・サージェント》が寄ってきた。

「どうだ」

「二人なら問題なく。三人は無理です」

「まあ、そりゃそうだろう。馬でも三人乗りなんて聞かないぞ」

「翼のせいで座る場所が減っておりまして」

「分かった。荷物の方はどうだ」

「はい。そちらも馬と同じ、とまではいかず。人を運ばずに一五食分の糧食を運ぶのが限界です」

「それだけ運べれば悪くはないだろう。天馬が一二頭いるから一〇往復もすれば、一八〇〇食だ。人員入れて二三回くらい気付かれずに往復できれば、俺たちの勝ちだ。一日五往復できる距離でいけば四日半の仕事だな。ちょっと敵に近いところが気になるが」

「下から発見される確率を減らさないといけません」

「そっちのほうは良い考えは浮かんだか」

「はい。腹の下を白く塗るのはどうかと」

「なるほど？」

実際、灰を濡《ぬ》らしたものを塗りたくった馬は非常に分かりにくくなった。白というか灰色だけど、むしろそっちの方がいい。

「これでいこう。あとは、仮集合地の策定と馬草だな」

いきなり一〇日分も飛べるわけもないので、どうしても仮集合地がいる。気付かれると全滅必至の彼我《ひが》の戦力差だから、慎重にやらないといけない。地図とにらめっこだな。

「部隊の方はどうだ」

「撤退順は既に決めてあります。女子供老人と護衛を先に、続いて兵を送ります」

「よろしい。最後は俺と先任軍曹だ。いいな？」

「すでにそのようにしております」

俺が微笑《ほほえ》むと、先任軍曹は涼しそうに付け加えた。

「大尉の気が変わると大変ですからな」

「俺が一人で囮《おとり》になるか？　どうなんだろうなあ。正直なところ。俺が囮になってもあまり時間は稼げない気がするんだよ」

「天馬があります。大尉の力なら移動しながら火力を投射することも可能なのでは」

「可能だけど、この手は一回きりだ。次には対策される。俺の有効活用を見て、敵が天馬を使い出したら、俺たちは本格的に打つ手がなくなる。敵は金をかけないでも俺たちを追うことができるようになるからな。すると敵の図体《ずうたい》を利用して経済的に破綻させる戦略が瓦解《がかい》するわけだ。そんな危険なことはできない。……そういうわけで、俺の性格ではなく、俺の首についている金ぴかの階級章を信じろってことだ。立場が人を作るって、先任軍曹《ファースト・サージェント》がいってた言葉だろ？」

「はっ」

　その後俺は天馬を駆《か》って、よさそうな脱出口を探した。ヘキトゥ山から西に。生き残りの山岳師団もいそうだが、このあたりは険しい峰が続く。そこをひとっ飛びして山の麓、雨の森と呼ばれる場所にでる。ヘキトゥ山に雨雲が遮られてこのあたりで降り注ぐため、年の半分ほどが雨に濡《ぬ》れている。

　見通しが悪くてジメジメしていて、とてもではないが大軍が行軍するには向かないし、新王都から離れすぎていてここまで迂回《うかい》する意味もない。

ここだな。天幕を運べば集合するまでなんとか持つだろう。ここから歩いてさらに西へ向かっていけばヘドンだ。さらにその先にはリアン国がある。

一回行ってみたかったたな。リアン国。迷惑かかるからやらないけど。エメラルドはすぐに自分の国自慢してたっけ。

濡れた頭を掻《か》く。仕事しよう。

そこから脱出作戦がはじまった。俺は事務仕事だ。食糧とか輸送の計算をして指示を出すのに手一杯になった。軍務卿とラディア姫が手伝ってくれて、事務は多いにはかどった。士官が複数いるのはいいわ。中隊や小隊に士官が欲しい。今の状況では無い物ねだりだけど。単なる事務仕事の手伝いだけだったら、へっぽこステファンでも十分だったたな。あいつを幼年学校から退学させたのは失敗だったか。人生ままならないものだ。

少し問題があってじっちゃんとラディア、それにメディアも雨の森へ行かせることを遅らせることになった。高齢なだけにじっちゃんが湿気にやられてしまいそうだったのと、親戚がいなくなると二人の姫も心細くなるだろうというのがその理由だ。

まあ、そんなに問題はない。あれから三日だが、今のところ敵に見つかった気配はない。あと少しだ。あと少しで終わる。

そう思っていたら、うかぬ顔で先任軍曹がやってきた。顔を見た瞬間、嫌な気分になる。

「どうした」

「天馬が次々死んでいます」

「無茶《むちゃ》をさせた覚えもないが」

「はっ。きちんと世話をしておりました」

唐突に、馬がどれも駄馬だったことを思い出した。騎士なんだから馬を選べよ、駿馬《しゅんめ》とはいわないが良馬を使えと常々考えていたが、あれには理由があったらしい。

「なるほど。変身魔法の副作用だな。元々自然界にいない生き物だから、無理がかかっていたんだろう」

苦い顔をしていると、先任軍曹《ファースト・サージェント》はもう一つありますといい出した。

「敵が山狩りを始めました。さしあたって山道を確保するために一個師団程度が先行しております」

「そうか」

あと少し、だったんだがなあ。

まあ、そんなことを考えても仕方ない。

「天馬はまだ残っているか」

「はい。半数ほど」

「食糧、装備の輸送は遺憾ながら放棄する。人員輸送に限って迅速に運べ」

「はっ」

俺は頭の中で計算する。人間は一人ずつしか運べない。今残っているのが四〇人だから四〇往復。天馬が五頭で八往復。無理をしても一日はかかりそうだ。輸送中に天馬が死ぬ可能性もある。その場合だともっと時間がかかる。

「順番を変えるぞ。まずはじっちゃんと王女たちだ」

「承知しました」

俺は軍曹に苦笑して見せた。

「軍曹、嘘《うそ》をついたみたいですまないが、時間稼ぎが必要だ」

「仕方ありません。自分も天馬の件は想像すらしておりませんでした。ですが、最後までお供させていただきます」

「そうだな。最後の脱出用に天馬が残ってくれればいいが」

「そこは運ですな」

運か。俺は運がないんだよな。いや、ルース王国の民で運のいいやつなんて一人だっていないだろう。なにせ母国が滅びるんだから。

「運に頼りたくはないな」

「そうですか？　大尉は度々運命に身を任せる天性の博徒だと思っておったのですが」

「誰だよそれ。そんなの知らないぞ。俺はいつだって運の要素を最大限減らそうと努力してきた」

「なるほど。その結果毎回最後は運頼みになってたわけですな」

「勝ち続けてきたんだからいいだろう」

「今度も勝つことを心から願っております」

「当たり前だ。いいから脱出の手配をしてこい。その後は俺とお前で戦争だ」

「承知しました。身軽で実に楽しそうですな」

それで、二人で山道を歩いた。偵察している連中はギリギリまで残って俺たちを支援するらしい。

撤退待ちの人員を使って山道の一カ所に岩を運ばせた。最短で一日、最長で数日は時間を稼ぐ必要がある。まあ、天馬が全部死んでしまったら、この山道がマクアディ・ソンフラン終焉《しゅうえん》の地になる、というわけだ。

嫌な話だ。追加で天馬来てくれないかな。

空を見上げる。良い天気だ。死ぬには良い日だな。良いことだろう。俺も、軍曹も、敵にとっても。

まあ、やるしかないか。

左右は森で、細い道。谷からもさほど離れていない。前に三個大隊を敗走させたところから、ちょっと先というところだ。

先行して偵察している連中が口笛を鳴らしてきた。事前に決めた線まで敵が侵入してきたらしい。

「始めるぞ軍曹」

「はっ」

俺は岩を爆発で吹き飛ばして岩石投射を開始した。事前に数発練習していたので狙い通りに飛んで行く。

「大尉は凄《すご》いものですな。ついに土属性まで身につけられた」

「いや、俺は飛ばしているだけで本職は飛ばす岩まで生成しているからな。大きさも段違いだし」

「そこは謙遜なさらずに自慢してもいいのでは」

「まて先任軍曹《ファースト・サージェント》。誰に自慢するんだ。まさかお前にか」

「ここには自分しかおりませんな」

「恥ずかしいだろ」

「そこは幼年学校時代から少しも変わっておられませんな」

軍曹は苦笑した。遠く、下の方で着弾の土煙と、木々の折れる音、人の悲鳴が聞こえる。

「敵は土属性が来るとは思っていなかったようですな。大混乱です」

「音だけでよく分かるな」

「伍長《ごちょう》は草の伸びる音を聞き分けるといいます。まして軍曹なら、当然ですな」

「先任軍曹《ファースト・サージエント》はうぬぼれるのが好きだな」

「大尉も誇って良いのですよ。むしろ、バカ相手が多いのですが自ら申告せねば大尉の凄《すご》さも伝わりますまい」

俺はもう二、三発岩を飛ばした。もう弾《たま》切れだ。四〇人で懸命に運んだのだが、使い切るのはあっという間だな。

「後退して第二集積地へ行きますか」

「いや、敵が混乱している今が好機だ。先任軍曹、突撃兵の仕事をするぞ」

「承知致しました」

ああ。一〇〇人くらいいたらぼっこぼこにできるんだけどな。兵がいないというのは残念なものだ。

軍曹は槍《やり》を二本持っている。一本は折れたとき用らしい。

俺たちは道の真ん中を走った。

「虎！」

敵兵が叫び、恐怖に顔が引きつるのが見えた。両手で火球をぶっ放す。岩石を避《よ》けるために移動しているであろう森の一角を爆発させる。大正解だったようで数百の人間だったものがバラバラになって飛んで行った。

そのまま二、三発。敵の師団本部まで攻撃が届かないのが悲しい。まあいい。

撤退する。軍曹は俺に近い敵を数名突き殺したようだった。見れば槍が二つともなくなっている。

「今度は三本必要かもしれませんな」

「よせやい軍曹。逃げるとき支障でたらどうする」

俺は後退した。再編、再進軍まで二時間かそこらは稼いだと思いたい。それ以前に敵は偵察隊を本格的に出してくるだろうから、まずはそこからだな。

俺は敵の偵察隊に見つからぬように細い谷の道まで後退した。ここなら偵察隊は崖登りでもしない限りはこの細い道しか通って来れない。

んで。この後ろはもうない。撤退している連中の拠点になる。まあ。この道の細さなら二名である程度は守れるからいいといえばいいか。

「先任軍曹。俺は仮眠するので敵が来たら起こしてくれ」

「分かりました。山の上で偵察している連中はどうしますか。撤退できそうなら、勝手に撤退させても？」

「もちろんだ。残させるなよ。絶対に。最後は俺と先任軍曹。お前だけで十分だ」

「そうですな。私もそれが良いと思っております」

それで俺は岩の上に毛布を置いて寝た。少しでも魔力は回復させたい。昔は敵が迫る中、眠れなかったと思いながら、数秒で寝た。

○マクアディ被害者の会（10）

天幕が揺れるほどの剣幕《けんまく》だった。しかも夜なので、声が遠くまで響く。

私が結婚の話を持ち出すと、相手の名前を出す以前に父は大反対を始めた。間髪挟まぬ様子だった。

それは愛情のなせる技なのだろう。とはいえ私は、腹を立てた。頭ごなしに怒鳴りつけるなど、貴族の娘にしてはならないことだ。

それで父と大喧嘩《おおげんか》をしていたら、慌てた様子で参謀のオスティンが報告に来た。父は威儀を正そうと努力をしている。

「あー。なんだ」

「お味方がマクアディ・ソフランと交戦に入りました」

マクアディ王子というのが正確なのだが、陣地では今だマクアディ・ソフランの呼び方が一般的だった。

父は名を聞いて嫌そうな顔をしたが、すぐに仕事の顔になった。

「交戦したのはどこだ」

「先行させた歩兵師団です」

「出撃したはねっ返りの騎士たちを捜索に出していた師団だったな」

「はい。トリンドの歩兵師団です。残念ながら捜索は失敗しましたが、代わりに虎を見つけたようです」

「トリンド……あそこは魔導師が足りてない師団だったな」

「はい。定数の半分ほどです。東方三国の戦力的には妥当でしょう。大きな被害を受けたものの全滅は免れている模様です」

「マクアディ相手に全滅を免れるなど、大したものだ。勲章の一つも考えねばなるまい」

「それについてご報告が。マクアディ・ソフランは部下一名だけで戦っていたと」

「まことか！」

父は興奮して立ち上がった。私はその時が来たのかと、机の下で拳を握った。

兵がいなければ戦果の拡張は極端に難しくなる。

マクアディ少年は、ついに組織立った抵抗ができないほど弱体化したのだ。英雄の武力、それだけでは部下の求心力にならなかったのだろう。部下もなく戦争をしているのか。あの少年は……。

痛ましい思いは父も同じだったのだろう。興奮が収まると、その顔に少しばかり哀れみを浮かべた。

「そうか。いよいよ、いよいよこの戦争も終わるのだな……」

オスティンは銀髪を揺らして恭しく頭を下げた。

「既に三個師団の増援を送っております。いかに虎が強かろうと、もはや命脈は定まりました」

「敵ながら最後まで天晴《あっぱ》れであった。虎にも勲章をやらねばなるまい」

「お待ちください」

私は食ってかかった。あの少年を助けられるとすれば、それは今しかないはずだった。

「まだ彼は死んでいません。私は降伏勧告をしたく思います」

「アスタシア、まだそんなことを……」

「結婚のことはさておき。戦争が終わったら、次は政治の時間です。ルース王国を新たな版図としたとき、あの少年を伝説の英雄にして後に続けといわしめるより、失望と諦めを感じさせる終わりを迎えさせた方がいいはずです。どちらがいいか、侯爵としてお考えください」

父は難しい顔をした。少しは心が動いたようだった。

「捕えるまでにあとどれだけ兵が死ぬと思っている」

私は身を乗り出した。

「マクアディ・マリスも人間です。本当の虎ではないのです。言葉はきっと通じます」

○最後の戦い

「大尉、起きてください」

俺はゆっくりと起きた。先任軍曹《ファースト・サージェント》の性格的に、切羽詰まって起こすことはないからだ。あくびして伸びをする。

「良く眠れましたか」

「まああだな。美人で胸の大きな女の人から結婚を申し込まれる夢を見たぞ」

「それはまた……」

「可哀想《かわいそう》な目で見るな。自分でも間抜けだなあと思った」

「いいえ。私がいいたいのは、夢に見たのは背が低くて胸が絶壁の姫君だったのではないかということです」

「間違ってもそんな夢見るわけないだろ」

俺はそういって空を見上げた。もう夕方だ。

「脱出はどうだ」

「天馬がさらに三頭死にました。あと三です。今は最後の要員の脱出待ちです」

「最後に残ったのは偵察に出してた連中だな。脱出できそうか」

「あと数時間時間を稼げれば、そうですな。我々以外は全員脱出できるでしょう」

明るい知らせだった。俺は微笑《ほほえ》んだ。

「おお、やったじゃないか、先任軍曹《ファースト・サージエント》」

「はい」

問題は、ここから二往復するなら一日かそこらかかることだけだ。天馬が相次いで倒れることを考えれば、それは少し難しいように思えた。

「あとは俺たちの脱出だけだなあ」

「諦めていないことを嬉《うれ》しく思っております」

「先任軍曹、何度もいっているが、俺は本当に死ぬつもりはなかったからな」

「現在進行形でお願いします。自分は人として、マクアディ・ソフランにも平凡な人生があっても良いと思っています」

俺は声を立てて笑った。今更どこか商家の婿になるなんて思いもしなかったが、想像するのは楽しそうだった。ステファンを執事にして、エメラルドが俺を祝福……。は、しないな。なんでか邪魔をしに来る想像しかできない。国家権力すら使って邪魔しにきそうだ。ううむ、あんまり楽しくなくなってきたぞ。まあ、平凡なんてそもそも俺には無理な人生だったんだろう。

俺は崖の下を見た。急な川が流れているはずだが、谷底は暗くてもう見えない。

「まだ身を投げるには早いと思いますが」

「まったくだ。最後の便に今後の指示を伝えておくからそれに従うよう取り計らってくれ」

「はい。どのような内容になさいますか」

「俺たちの到着を待つことなくヘドンへ向けて進発せよ。路銀の管理は軍務卿に。ヘドンについて一〇日待って俺たちがこなかったら、そのままリアン国へ向かい、降伏。以後はエメラルド姫の指示に従え。以上だ」

約束もなんもしてないが、死んだ後に頼るべきは友達《ともだち》だ。エメラルドなら無理してくれるだろう。俺の墓に文句くらいはいうだろうが、それくらいは笑って許す。

「すぐ伝えてきますが、自分が来るまでは戦闘を始めないでください」

「そいつは敵にきいてくれ。急げ」

「はっ」

命令書を書きたかったがこの薄暗さでは綺麗《きれい》な字が書けるか自信がなかった。この期に及んで字の綺麗さを気にするあたり、俺も大概だなと思った。

遠く、崖の道の向こう、いくつもの松明《たいまつ》が見える。数は数え切れない。山道の夜間行軍の無理を押して、敵は押し寄せようとしている。

正直、これから俺がやらかそうという戦闘よりも夜間行軍での落伍《らくご》被害の方が多そうに思えるが、いいんだろうか。それで。いいんだろうなあ。俺が一人で逃げ回り、山狩りを続けることの手間を思えば、ここで落伍が一割でても許容範囲、ということなんだろう。

俺は幼年学校で夜間行軍して自分たちが落伍《らくご》した時を思い出した。今思えば単なる真《ま》っ直《す》ぐな道だったのに、それでも三割が落伍したのだった。俺の場合はエメラルドが足をくじいて背負って歩く関係で隊列から遅れて、落伍した。ステファンもついてきたせいでさらに落伍率があがった、ともいう。実戦で訓練された大人がやってても夜間なら一割は落伍するとあとで聞いて、そんなにかと思ったものだった。

頭上が明るくなった。照明の魔法だ。短時間しか効かないが、戦場では有効な火属性魔法の一つだった。

なるほど。これで脱落を減らしていたのかも知れない。

「いたぞ！　虎だ！　マクアディ・ソフランだっ！」

そんな声が聞こえてきた。肩をすくめる。ソンフランだっての。

まあいいか。はい。そうですよー。まあ手は振ってやらないけどね。

岩石投射が始まるかと思ったが、敵は驚いたことに歩兵を前に立てて前進を開始した。

俺は火の矢で崖横の細い道を通る敵を倒す。殺すのではなく、怪我《けが》をさせるために攻撃を始めた。

魔力の消費を減らしたいのはもちろんだが、落伍の件で思い出したことがあったせいもある。細い道で負傷者がでると、後退のために大変な苦労がかかる。敵兵はエメラルドよりずっと重そうだから、まあ苦労するだろう。そんな感じでぼちぼち相手していたら向こ

うの方で声が上がった。、

「虎は魔力切れだ。突撃しろ！」

そんな無茶《むちゃ》な命令をしているやつがいる。士官らしい。だったら自分が先頭にでてやれ
よ。

仕方ないので火の矢を遠くまで飛ばして、そいつの頭を爆発させた。敵陣が静かになる。

その間も細い道では後ろから押されつつ負傷者を下がらせるという難儀な仕事をしている。

この調子なら魔力だけなら一〇日くらいはやれそうだ。まあ、寝不足になってどこかで
力尽きそうだけど。一日か、二日か。三日くらいはいけるかな。

「大尉、ご無事で」

「無事だが、敵の攻撃がたるい。眠くなる」

「良い時間稼ぎになりそうですな」

「そうだな」

俺は星空を見た。

「あとどれくらい稼げばいい？」

「合図がくるようになっております」

「そうか。じゃあその合図まで戦うか」

「はっ」

敵が戦法を変えてくる。長い梯子《はしご》を持っていた。どうも即席で作った模様。

人数をかさに攻めると負傷者搬送に手間がかかりすぎることにようやく気付いたらしい。

なにをするのかと思いきや、崖に立てかけて登っていた。そのまま崖を登り切るのかと見ていたら、そのまま横に、ゆっくりと崖伝いに近づいて来た。

「先任軍曹《ファースト・サージエント》。敵の動きがよく分からないのだが、なにをやっているんだ」

「あれなら渋滞もないかと。交通量も僅かに増えます」

「いや、両手両足塞がって夜間必死に崖を伝って動くのはどうなんだ」

いっているそばから兵が落ちていった。それも一人ならずだ。しばし、言葉を忘れた。

「敵は士官学校でてるのか」

「ああいう間抜けな敵でも、火の矢を撃てば魔力を消費します。一発は一発です」

「なるほど？」

いや、分からない。合理性を欠いているようにしか思えない。

「俺が兵なら反乱するぞ、こんな使われ方」

「そうですな。しかし貴族はそう思いません」

そうかなあと思ったが、なにかいう前にまた敵兵が落ちていった。墜落死するときは悲鳴も上げないんだなと、ちょっと感心した。

「俺が火の矢を撃つより敵がどんどん減っているんだが」

「本当になんで反乱が起きないんでしょうな。白湯《さゆ》でも飲みますか」

「そうだな。戴《いただ》くか」

道を突撃してくる敵が足を絡めてまた落ちていった。この場所で夜襲は本当にやめた方がいいんじゃなかろうか。

うんざりする気持ちで白湯を啜《すす》っていたら、敵陣から声が聞こえてきた。卑怯《ひきょう》だぞとかなんとか。

誰が卑怯なんだろうと遠い目をしていたら、先任軍曹が立ち上がった。俺は耳を塞いだ。

「兵よ、目を覚ませ！　こんな死に方で死ぬことはないぞ！　貴族を討て！」

大音量だった。

「いってやりました」

「いってやりましたって、お前」

「敵に間抜けを教えるのもどうかと思いましたが、我慢できず。罰はいかようにも」

なるほど。先任軍曹は先任軍曹で腹を立てていたんだな。これは分かるというか、そうだよなあ。

「いや、よくいってくれた。まあ敵がどう受け取るかは分からないが」

敵から攻撃ならぬ口撃があるかと思ったが、なんにもない。

「敵も反省したかな」

待避した。

「だといいのですが」

そういってたら、岩が投射され始めた。麓で散々聞き慣れた音だけに、姿を見る前に、待避した。

「なんで連中、最初からこうしなかったんだろう」

「敵は魔力を温存する理由もないでしょうし、謎ですな」

二人で闇に紛れる。後は運だ。

そのうち、盛大な悲鳴があがった。数百人が同時に上げたような音だ。

なんだろうと思っていたら、敵の照明魔法で事情がわかった。誤射した敵の岩が、細い道を破壊していた。これでこっちに来るのが明らかに難しくなった。

「なんであいつらが岩を使わなかったのか。分かったぞ先任軍曹《ファースト・サージェント》」

「偶然ですな。自分も理由が分かりました」

二人でしばらく黙った。

「僥倖《ぎょうこう》ですな」

「日頃の行いが良かったたな」

それで二人して大笑いした。しかしその間も大岩は飛んでくる。後ろに下がることにした。ここから後ろはもう撤退を待つ味方の陣地だといったな。あれは嘘《うそ》だ。数百歩くらいの余裕はある。それでまあ、十分なはずだった。

敵は頭に来たのかどうなのか、桶《おけ》にはめたタガが外れたように岩を打ち込んでくる。大外れなのだが、こっちも近寄れない。

「名前をつけるなら弾幕というところですな」

「そうだな」

敵の狙いは俺たちが近寄らないようにしてるんだろう。で、その間に土属性魔法で細い道を修復する。自分で壊して自分で修理しているんだから世話はないが、それしかない。手作業であの細い道を修復しようとしていたら数日かかる。

「こりゃ勝てるかな、先任軍曹」

「だといいですが」

突然、闇から剣が迫ってきた。俺が動くより早く先任軍曹が黒ずくめの兵を洋刃で突き殺している。それが、二度三度。流石《さすが》の腕前だった。ムデンさんほどじゃないが大したものだ。さすが草の音を聞き分けるという伍長《ごちょう》より上の役職なだけはある。

「いけません。喋《しゃべ》り声で気取られましたな」

「明るくした方がいいか」

「目をつぶりますので、合図をください」

「そっちか。分かった。一……二……今！」

俺は照明魔法を使った。光量最大だ。悲鳴が上がる。目が、目がと叫ぶ声も。軍曹はなに食わぬ顔で黒ずくめの兵を屠《ほふ》っていった。一〇人ほどはいた。

「敵の行動が変わりましたな」

「そうだな。今度は頭が良い。敵として好感が持てる。岩を飛ばすのは目くらましだったわけだ」

「はい」

指示を出す司令官が替わったのだろう。中々楽をさせて貰《もら》えなさそうだ。

俺の照明魔法で敵に位置がばれた。また位置を変える。今度は前進。後ろに下がるわけにはいかない。

相変わらず闇雲に岩が飛んでくる。当たったら最後の綱渡り感が嫌な気分にさせてくれる。

「先任軍曹《ファースト・サージェント》。近づいてくるヤツは全員殺せ」

「はっ」

手口を見られるとマズいから、殺すしかない。まるで犯罪者だな。

俺は敵の飛ばしてきた岩を光もなく爆発させて衝撃で撃ち返し始めた。向こうで大混乱が起きる。

「爆発音で勘の良い敵は気付くかもしれませんな」

何人めかを刺し殺しながら、先任軍曹がのんびりいった。

「まあ、そうなんだがな。とはいえ対抗投射戦をかけないと、こっちが危ない」

幸い敵は土属性魔導師を待避させることを考えたようだった。すぐにこっちへの攻撃が衰える。あるいはこっちの岩が運良くあたったのかもしれない。

一息つけるかと思ったら、今度は敵の突撃兵が細い道を通って突撃を開始していた。先頭はお仲間、火属性魔導師だ。火の矢では無効化されるので特大の火の球を投げつける。道が吹き飛び、敵部隊が夜空へばらまかれる。

「ついに敵は大魔法を使ったぞ！」

そんな声は聞こえる。いや、中魔法の中でも小さめだけどと、文句を呟《つぶや》いたら、先任軍曹に笑われた。どういう耳をしているんだ。

「負けず嫌いですな」

「それほどでもないが。それよりそっちは大丈夫か。近くの敵は全部気にしてないから、お前が頼りだ」

「ご安心ください。あと一、二時間なら持たせてご覧に入れます」

「二時間でどうにかなるかなあ」

「そこばかりは、馬の機嫌次第です」

「母さんが競馬を殊の外嫌がっていたんだけど。その気分が分かってきたぞ」

実際の処《ところ》、競馬というのは騎士にとって実戦訓練を兼ねた遊びなのだが、母さんは絶対に俺にも兄さんにも許さなかったものだ。まあ、危ないからともいっていたから、そっちが主なのかも。

敵が退《ひ》いていった。また手を変えるのか、体勢を立て直すのか。

いずれにしても、一息つける。寒さを忘れる暑さ。動き回り過ぎだな。吐く息が盛大に白い。

俺より参った様子の先任軍曹《ファースト・サージエント》が洋刃を杖《つえ》にして腰を下ろした。空を見ている。

「真っ暗だな」

「夜明け前というものはこんなものです」

「そうか。そうだな」

「ところで一つ、お訊《き》きしても？」

「なんだ？」

「大尉のお生まれですが……」

「俺がどっかの大貴族の血かって？」

「本当の王子ではないかと、昔からいわれておりました」

「それを聞いたらうちの家族全員がひっくり返るな。いや、地元の人間全員ひっくり返るかも。ありえないってさ」

「そう……なのですか」

「俺の魔力保有量が異常だって？　ところが血筋以外に理由があるんだな。先任軍曹には話しても良いが、代わりに捕虜になるのはなしだぜ」

「もとより戦死をするつもりでおりました」

「俺には死ぬなとかいってたくせに……。まあいいか。実は魔力は後天的に伸びるんだよ。筋肉と同じだ」

「聞いたことがありません。そんなことが本当に？」

「ああ。秘密の秘密だぜ。この事実が知られたら、戦乱は世界中にばらまかれる」

「……簡単な方法でないことを祈っております」

「ああ。そこは大丈夫だ」

実の処《ところ》、魔力量を増やすには死にかければいい。ほんとの処は直接魔法とも関係がない。単に死にかけるその回数が増えるほど多いほど魔力は増える。俺の場合は幼年学校でムデンさんに鍛えられている途中で気付いて、その後、幼年学校を中途卒業させられて最前線で使い潰されそうになったとき何百回と死にかけて、今の素地ができた。その後は意図的に激戦区に行くようにしていたから大幅に伸びたけど。

一度や二度の死にかけくらいじゃ実感するほど伸びないから、今貴族の地位にある者の祖先である、建国の英雄やその仲間たちはおそらく想像を絶する死線をくぐり抜けてきたはずだ。現代の軍事知識ではありえないくらいの激戦を。

一体、誰と戦ってたんだか。

敵がまた岩を飛ばしてきた。前より遥《はる》かに数が多い。師団単独の火力ではないから、軍団直轄の土属性魔導師を動員したんだろう。堂々と火力戦を仕掛けてきやがった。

「先任軍曹《ファースト・サージェント》。動けるか」

「はい。この攻撃なら敵も突撃はないでしょう。安心して逃げ回れますな」

「それはいいが、縦深がもっと欲しい。味方は、まだ撤退できてないか」

「合図がまだ来ておりません」

「そうか、では軍曹、少し下がって回復していろ」

「御免蒙《こうむ》ります」

「この局面では出番がないといっているんだ。安心しろ。置いてはいかないから」

返事を待たずに走る。飛んで来た岩の数は凄《すさ》まじく。いつ死んでもおかしくない状況だ。もう少し明るかったら迎撃できるんだが、今の状況では望むべくもない。照明魔法を使えば狙い撃ちされるしな。

ままよ。

敵の飛ばしてきた大岩を片っ端から敵陣に飛ばし始めた。命の危険を感じて魔力がこの段階でも上昇しているのを感じる。が、この状況は狙っているわけではない。ええい。

照明魔法が使われた。敵は飛んでくる岩を防ぐために照明をあげて迎撃をはじめたらしい。

そう来るよな。待ってたよ。

前にでて良かったと思いつつ火の矢を一〇〇本。宙に並べて同時発射した。全部を違う的にあてる。狙うは魔導師、それだけだ。

敵は岩と火の矢、両方の対処に忙殺され、全部を迎撃できなかった。

頭を吹き飛ばされ、魔導師が五〇人ばかり倒れる。照明はまだ上がっている。二段目としてもう一〇〇本の火の矢を出現させる。

発射、今度の矢は追尾する。走って逃げる魔導師の頭が爆《は》ぜた。こちらは全弾命中。敵は歓声も悲鳴もない。凍り付いたようになっている。

一五〇人の魔導師。一個師団を半壊、壊乱させるくらいの威力だ。まあ、兵は全然やっつけてないけど。いまのところの脅威は魔導師だからそれでいい。

戦場らしからぬ。静かな瞬間。

飛んで来た火の矢を一つ、俺は手を振って無効化すると、空を見上げた。紫色だった。

〝弾雨来るとも吹雪《ふぶ》くとも〟

〝灼熱《しゃくねつ》の下、泥にまみれても〟

〝我ら突撃兵　心はただ朗らかに〟

〝前へ前へ〟

〝栄光へ向かって突き進め〟

遠く、歌が聞こえて来た。俺は微笑《ほほえ》むと、歌を合せる。先任軍曹《ファースト・サージェント》が寄ってきた。もう顔が見える。頷《うなず》いた。

そうか。最後の連中が脱出できたんだな。じゃあこのどこからともなく聞こえてくる突撃兵賛歌は合図か。先任軍曹の割には気が利いている。

「天馬が持ってくれればいいが」

「雨の森までは辿《たど》りつけると思います」

「なるほど」

つまり俺たちを迎えに来るのは難しいということだな。知ってたけど、憂鬱ではある。敵が一度撤退した。魔導師は全て士官だから、士官が一斉に死んで部隊としての行動に支障がでたようだった。

「しかし先任軍曹、傷だらけじゃないか」

「大尉も破片を結構受けて居《お》られる様子」

二人で苦笑して、遠くなっていく歌に耳を傾ける。

〝悲しみ深く死が近く〟

〝地獄の足音　聞こえても〟

〝我ら突撃兵　心はただ朗らかに〟

〝前へ前へ〟

〝一歩でも前が名誉なり〟

「先任軍曹。もう一つばかり名誉を積み上げるか」

「承知しました」

○マクアディ被害者の会（11）

暗闇の中に、石だらけの未舗装路。照明魔法をもってしても、見通すことができない闇。本能が歩くのを拒否している。そんな暗さと険しさだった。

本業である山岳師団の人々も、このような状況で夜間行軍はしない、とのこと。私はその言葉に、実感を持って頷《うなず》くことができた。

しかし、それでも……。

私は登らねばならない。

「こんなことをいいたくはありませんが、お急ぎくだせえ。中佐」

「ありがとう。ベルベフ少尉。がんばります」

私は懸命に足を動かした。ベルベフ少尉は猫のような耳を動かしながら、私が歩きやすい道を探してくれた。

「しかし、まさか中佐が自軍の陣地で縛られているとは思っていませんでしたよ」

「私もよ。父にこんなことされるなんて」

父は私が考えを述べると、私を椅子に縛り付けて、ちょっとマクアディをぶっ殺してくると部隊を率いて行った。

椅子に縛り付けられるなんて、勉強せずに草花を観察に行っていた一〇歳の時以来の屈

辱だ。フーノベリ侯爵家伝統の教育法らしいが、あんまりだった。

あまりのことに怒り狂って叫んでいたら、その声を聞きつけて以前聴取したアリスリンド国の山岳師団の少尉に救出された、というわけだ。

それでそのまま、事情を話して戦いを止めるためにヘキトゥ山に足を踏み入れたというわけだ。ベルベフ少尉と、その傘下の中隊は、マクアディ・ソフランのためならばと、協力してくれた。

私が必死に山道を進んで、戦場まで辿《たど》り着いたときには、もう朝になろうとしていた。


崖にへばりつくような細い道を巡って、二人きりの軍でマクアディ少年が三個師団の攻勢を押しとどめていた。

どれだけ強いのか、と思ったが、これだけ細い道ならば、数で押すことができないのは明白だった。

谷へ向かう道には、負傷者と死者が溢《あふ》れている。

私は痛ましく思いながら、兵を掻《か》き分け、先に進む。

先ほど、ルース王家が自決したと連絡があった。だとすれば、マクアディ少年の奮戦の意味は……ない。守るものがもうない、奮戦。

楽にしてあげたい。私は泣きそうな顔をして、道を塞ぐ父の部下に、退《ひ》くようにお願いした。

「アスタシア！　こんな処《ところ》まで来たのか!!」

「戦いをやめてください！　もう意味なんてありません」

「ある。あの男が生きるその限り、連合は戦争をやめられん」

「なぜ！」

「大勢が殺されたからだ。殺し返さねば、気が収まらん！」

「……先にルース王国に攻め入ったのは私たちではないですか……」

私の言葉に父が厳しい顔をした次の瞬間、大量の岩が飛んで来た。対抗投射戦だった。

「危ない！」

ベルベフ少尉とその部下が私と父を森奥に引き入れた。目の前を岩が転がっていく。腕を引っ張られていなかったら死んでいたところだ。

「二人しかいないのに、なんで土属性魔法が使えるの？」

「虎め！　複数属性使用など、ニクニッス初代王気取りか」

私と父が同じ現象に違う言葉を吐いた瞬間、味方が照明魔法を使った。飛んでくる岩を迎撃するために使われたのだろう。細い道のその向こう。岩と炎と軍靴によって草木すら生えぬ荒れ地になった場所に、ふわふわ髪の少年が立っていた。

優しい微笑《ほほえ》み。

その周囲に炎の矢が何十も出現し、こちらに向けて飛んでくる。私は悲鳴を上げていたと思う。味方の迎撃は間に合わず、半数ほどの火の矢が土属性魔導師とその護衛の魔導師たちの頭を撃ち抜いた。

威力が低い火の矢とはいえ、長距離の飛翔《ひしょう》には大きな魔力がいる。それを、この数。もう何時間も戦っているというのに、それを感じさせない、圧倒的戦闘力だった。

「反撃しろ！　魔力が切れるはずだ」

父の叫びは新たに出現した火の矢一〇〇本のせいでむなしく響いた。

次に現れたのは惨劇だった。マクアディ少年が両手を広げ、続いて交差すると一〇〇本の矢が飛んできた。逃げようとする魔導師の頭を追尾して、爆発する。

あの距離、あの数の矢だけではなく、追尾まで。

戦慄するような、悪夢のような力だった。私が無事だったのはベルベフ少尉が後ろに引っ張ってくれたからだった。しかし引っ張った腕が怪我《けが》していた方だったので、再び傷口が開いてしまった。

父は……。

父は生きていた。オスティンが身を呈してかばっていた。オスティンの背中は焼け焦げていたが、死んではいない。……まだ。

どっちが勝っていたのかという図が、再び現出した。

二波の攻撃で味方は完全に壊滅した。魔導師＝士官の過半が一撃で屠《ほふ》られ、兵と下士官だけになっている。彼らだけで戦争ができるわけもない。

「我々は勝っていた。だがそこには常に、マクアディはいなかったのだ。マクアディがいるところでは、我々は常に負けていたのではなかったか。そして今、敵がマクアディだけになった。我々は……」

父が、病人のような顔でそういって意識を失った。

父ながら、勝手な人だと思った。戯言《たわごと》をいうくらいなら、責任があるのだから、先頭に立って兵を退《ひ》かせるべきではなかったか。

誰も身動きが取れぬ中、奇妙な沈黙が訪れた。兵も下士官も命令する者がおらず、敵であるマクアディも撃ってこない。

なんの意味もない戦いだった。誰も勝たず、ただ死んで行った。

私は無性に悲しくなって涙を落とした。しかしだめだ。ここで泣いていても、誰も救われない。

震える自分の脚を叩《たた》いて歩いた。兵が黙って道をあける。ベルベフ少尉もついてきた。

そのまま、最前列に。そしてさらにその先へ。

どこか遠く、ルースの軍歌が聞こえる。

〝悲しみ深く死が近く〟

〝地獄の足音　聞こえても〟

〝我ら突撃兵　心はただ朗らかに〟

なにが朗らかなものか。私は遠く、マクアディ少年を見た。傷だらけの彼は、どこか晴れやかな顔で軍歌を歌っている。

「先任軍曹《ファースト・サージエント》。もう一つばかり名誉を積み上げるか」

「承知しました」

その声を聞いて私は声を張り上げた。

「もうやめましょう……。もう、やめましょう？　マクアディ・ソフラン。戦いの意味はないのよ。あなたたちの王は死にました」

そういったら、マクアディと一人の部下は互いに顔を見合わせて、少しだけ微笑《ほほえ》んだ。

「親切にありがとう。お嬢さん。だがいう相手が間違ってないか。戦争を仕掛けてきたのはそっち、攻撃を続けているのもそっち、俺たちはただ、自分の国を守っているだけだ。王が死んだからルースの民が死に絶えたわけじゃない。ならば俺にはまだ仕事が残っている」

その通りだ。私が喋《しゃべ》れないでいると、横のベルベフ少尉が手を振って口を開いた。

「大尉殿！　中佐は大尉殿の助命のためにずっと方々を駆《か》けずり回っていたんです！」

「おお。ベルベフ少尉じゃないか。そうか」

「今度はあてが、いや、あてらが大尉殿をお守りします！　それではいけませんか！」

マクアディ・ソフランは、初めて戦意が萎えた顔をした。部下と短く言葉を交わし、毛布を持ってこさせた。矢かなにかの刺さったようなあとのある、毛布。

「ありがとう。ベルベフ少尉。そこのお嬢さんも。二人を傷つけるのは本意ではない」

言葉が通じたと嬉《うれ》しくなった。マクアディ少年は部下と二人で毛布を袖なし外套《がいとう》のように羽織った。

二人は揃《そろ》って敬礼した。

「ベルベフ少尉も中佐も、早く国許《くにもと》に帰ることを期待する」

微笑《ほほえ》むと二人は流れるように自然な足取りで崖の下に身を投げた。

下の方で爆発音がする。

私は膝下から崩れ落ちて、うなだれた。涙が止まらなかった。

マクアディの最後だった。

○マクアディ被害者の会（終）

ヘドンの街は、静かだった。連合の兵はほとんどいないが、それでも往時と比べれば交通量は明らかに減っている。

本当だったら冬支度のために、大量の商品が行き交うのに。

冬支度は命にかかわる。薪《まき》の備蓄が十分でないと人は簡単に死ぬ。それが十分にできない人々を思って、私は憂鬱になった。

私は、いつも無力だ。

重い足取りで歩く。石畳に響く自分の足音が、嫌いだ。昔、行軍訓練で真っ直《まっす》ぐな道で落伍《らくご》したことを思い出すから。どうせなら、あの後の、もつれるような足取りの音を聞きたい。

私はエメラルド・リアン・リアンガ。マクアディ被害者の会、会長。多分。私ほど彼に酷《ひど》い目にあわされた女もいないはず。

居たら、マクアディをとっちめる。誓って絶対に酷い目にあわせてやる。

だいたい、なによ。はっ？　結婚？　聞いてませんけど。死ぬのもダメだけだけど、結婚なんか許さない。

泣きそうになっていたら、うんざりした顔で後ろからステファンが声をかけてきた。

「もういい加減諦めましょうよお」

「なにを諦めるの、ステファン。返答次第では国家権力動員するわよ」

「そういいながら逃げてきたくせに」

「逃げていません。ムデン、リアン国から冬支度のためになにかできないかしら」

「そうですな。王も議会も、姫様には同情的です。なんとかしてくれるでしょう」

「なんに同情的なのか、聞かないでおいてあげるわ」

後ろでムデンとステファンがこそこそいい合っているのが気に障《さわ》る。

なんでこの世はなにもかくうまく行かないんだろう。もっと私に背があったら、マクアは私を連れて行ったろうか。

唇を噛《か》んでいると、変わった人たちとすれ違った。

元軍人ぽい青年たちが、老人と女の子二人を背負って、不案内そうに歩いている。避難民だろうか。

「ムデン、あの人たちに、連合兵に見つからない道を教えてあげて」

「かしこまりました。姫様」

私は空を見上げた。抜けるような冬の晴天。

そう。勝手に死んだらマクアディを殺そう。そうしよう。

ムデンを待つ間。空を見上げて祈りを捧《ささ》げる。

ベルニ助教、がんばってください。あのバカを死なせないで結婚させないで、あと酷《ひど》い怪我《けが》もダメです。王子とかもなんかイヤなので断るように仕向けてください。

マクアディがすぐ死のうとするのと私をちっさいといったことは許しませんが。それ以外は許します。

「ふぁぁぁ！　エメラルド！　エメラルド！」

「うるさいステファン」

「今、今すれ違った！」

「よろしくやるようムデンに頼んだでしょ？」

「ちっがーう！　二人、二人だよ！」

私は振り向く。

○大脱出マーチ

時は、少し戻る。

「先任軍曹《ファースト・サージエント》。もう一つばかり名誉を積み上げるか」

「承知しました」

よーし。明るくなってきたし、もう二、三個師団やっつけよう。そう思っていたら知り合いがやってきた。ベルベフ少尉と、前に見たあっち系のお姉さんだ。よく分からない組み合わせだなあと思っていたら、なんとお姉さんは中佐だという。

え、軍服着てないじゃん。と思ったが、大貴族ならそういう芸当も可能かもしれない。実際エメラルドは最初軍服を着てなかった。すぐに泥だらけになって不本意ながら軍服になってたけど。

お姉さんは肩から血を流しながら身勝手なことをいっている。

攻めてきたのはそっちだろといい返したら、ベルベフ少尉が口添えした。

なんでも俺を助命するために努力していたんだと。

「先任軍曹、どう思う？」

「ベルベフ少尉は信用してよろしいでしょう。女性の方はどうでしょうな。髪の色からしてルースの血が入っているのは間違いない気もしますが」

「そうか。それで俺たちに……あ。あれじゃないか。あのお姉さん、俺たちが夜襲かけた時の人じゃ」

「ああ、そういえばそんな気もしますな」

なるほど。過去助けた人が助けに動いてくれる。嬉《うれ》しい話だ。しかしこう、もう一花咲かせようかというときにこれは微妙だ。

「どうしようかな」

「降伏しますか」

「なんの話をしているんだ。先任軍曹。俺は今すぐ逃げるか、もう少し戦って天馬がくるのを待って逃げるかを考えていただけだよ」

「ならば今すぐ逃げる方がよろしいかと。最低限の作戦目的は既に達成しております。それにあの調子では天馬はダメでしょう」

「そうかぁ。面倒臭いがしょうがないな。すまんが毛布取ってきてくれ。俺と、先任軍曹、お前の分だ」

「すぐに持って参ります」

俺はベルベフ少尉とお姉さんにお礼と助言をすると、毛布を袖なし外套《がいとう》のように着込んだ。

「先任軍曹《ファースト・サージェント》、毛布に穴があいてもいいからしっかりと身につけて固定しろよ」

「はい。大尉の毛布は最初から穴が開いているので楽そうですな」

「そうだな」

俺はもう一度崖の下を見た。谷底はまだ、真っ暗だ。

「では行こうか。飛び降りるぞ」

「はっ。どこまでもご一緒します」

「安心しろ。地獄は進軍予定地であって逃げる先じゃない」

俺たちは敬礼して二人して身を投げた。

下方向に火の球を投げ入れる。大爆発。爆風で毛布がふくらみ、落下の速度を大幅に低減する。

「先任軍曹、うまくやれば火属性魔法でも空が飛べるかもしれんぞ」

つかのまの飛行を楽しみながらそういって、着地の後を考えて憂鬱になった。将来的にはともかくも、今のところは二本のあんよで歩いて行くしかない。ついでにいうと、食糧もなかった。

「馬を一頭くらい谷底に降ろしておけばよかったな」

俺がぼやくと、先任軍曹は朗らかに笑った。

第三章

RECORD OF VERMILLION WAR

Genius magic commander
wants to escape

○逃れた先の再脱出

交通の要衝、そして交易都市でもあるヘドンの街というところは、話に聞くほど栄えた感じではなかった。むしろ、寂れている。連合による占領のせいかもしれない。

戦争にありがちな略奪、強姦《ごうかん》、放火、虐殺。そういうことがあったんだろう。ここはリアン国も近いからあるいは、と思っていたが、甘かったか。

しかもそれから後、復興にも手をつけていないように見える。ルース王国の金貨をかすめるために戦争を始めておいて、街の経済をおざなりにするなんて、バカじゃないのかといいたい。そんなこと、俺みたいな軍人にだって分かるぞ。

ため息一つ。こういう場所は旧ルース王国の領地に無数にあるはずだ。一々怒るのは良くない。軍人は黙って行動だ。

ヘキトゥ山から脱出した俺と先任軍曹《ファースト・サージェント》は徒歩でここまでやってきた。一〇日もかかった。先だって逃がしていた味方とは合流できず。連絡手段がなかったともいう。

ちなみに追っ手は来なかった。多分谷に飛び降りて、死んだと思われているんだろう。大変結構。いずれはバレるだろうが、時間を稼げたのはありがたい。

それにしても。寒い。

夏生まれの俺にとって、冬は好きじゃない。軍服姿でないとなると、なおさらだった。

軍服は丈夫に作ってある関係で風を通さない。

ところが今の俺は、庶民の格好をしていた。しかも貧乏人の格好だ。風が通って寒いのなんのって。

先任軍曹からは見事な変装ですと褒められたが、いい方変えるとそこらのクソガキそのものってわけだ。覚えてろよ。

「先任軍曹、お前どうみても軍人だぞ」

「どの辺が、ですか？　顔はどう見ても庶民だと思うんですが」

「そんな鋭い目つきで油断なく歩く庶民がいてたまるか」

「呼ばれ方も先任軍曹ですし、それはバレますな」

「え、名前で呼べっていうのか？」

「さらにいえば普通はさんをつけるでしょうな。ベルニさん。と」

先任軍曹は寒いのに涼しい顔でいっている。まったくのんきなやつだぜ。

「ベルニさん、ちょっと調子に乗ってませんかね」

「そんなことはないさ。ディ」

「ディ？」

「さすがにマクアディとは呼べんでしょう。その名は勇名に過ぎます」

「有名じゃなくて、か」

「有名でもありますが、武張った名前であるのは確かです」

俺の名前の由来は花なんだけどなと思ったが、いうのはやめた。世間がどう思っているかは、この際どうでもいいからだ。

「ともかく合流しよう。味方はヘドンの街にまだ潜伏しているはずだ」

「はっ」

敬礼しそうになる先任軍曹《ファースト・サージエント》が、苦笑いしてやめた。お互い身についた稼業の癖は中々取れそうもない。

「髪はどうですか。頭がかゆいとかはないですか」

「大丈夫だ。ただ、黒いとニクニッス人みたいで萎える」

そう返事したら、頷《うなず》かれた。

「大尉はいつもの髪色が一番です」

「まったくだ」

「それで、ヘドンにつきましたが、どうされますか」

「まずは味方との合流だ。妹たちも保護しないといけないし。部下のいない突撃士官なんて格好《かっこ》がつかない」

「部下思いで嬉《うれ》しく思います。して、その先は？」

「潜伏……と思ってたんだがヘドンはダメだな。木を隠すなら森の中のつもりだったが、寂れているせいで部隊行動すると目立ちすぎる。……場所を変えるさ」

「了解しました」

それでヘドンの街を東西に貫く中央通りを歩いていたら、いきなり女の子から体当たりを食らった。奇襲だった。俺に奇襲するなんざ凄《すご》いヤツだなと思ったら、知った顔だった。

ちっさいエメラルド・リアン・リアンガ。俺の友達《ともだち》、あるいはそう、俺が勝手にそう思っているやつの一人。

それが、綺麗《きれい》な緑の瞳に一杯の涙を溜《た》めて、俺を見ている。鼻先が赤いのは俺にぶつかったせいだろう。俺も若干痛かった。

なんでこんなところにいるんだよとか、なんで泣きそうなんだとか、そういうことを口にせず、俺にしては上出来の誤魔化《ごまか》す顔になれた。

「ちっさくて誰がぶつかったか一瞬分からなかったわ。ところで俺の部下知らない？　探しているんだけど」

「それが」

エメラルドは拳を握って下を向いた。肩が震えている。おっとやばい。

「私に再会したときの言葉か！　バカ！　ばかばかばかばか」

「痛い、痛いってお前暴力王女っていわれても知らないからな」

「は？　マクアは別にどれだけ叩《たた》いても問題にならないし」

「その発言だけで大問題だろ」

大喧嘩《おおげんか》していたら、先任軍曹《ファースト・サージェント》に片手で抱えられた。もう片手はエメラルドが抱えられている。

「こうやってお二人を運ぶのも、五年ぶりくらいですか。ともかく、往来の邪魔な上に変装どころではありません。やるなら別の場所で存分にやってください」

「ははは。ばかエメラルド、怒られてやんの」

「あんたも一緒じゃない！」

先任軍曹が実に長いため息をついた。ちょっと後ろを振り向く。

「ステファンさんも、運ばれますか」

「いえ。僕はバカじゃないんで大丈夫です。ベルニ助教」

そうですか、と先任軍曹は多少残念そうにいった後、歩きながらステファンに話しかけた。

「お二人は、なぜここに？」

「エメラルド姫がマクアがけっ……心折……えっと、なんでもありません。いえ、それでまあ、養生のためにこの町へ来たんです。ここならリアンも近いし、連合に対して出兵の口実も立つし」

途中二回くらい、エメラルドがステファンを睨《にら》んだせいで、ステファンはきちんといえなかった。

俺は長いため息一つ。大方、俺が死ぬとかそういう話を聞いてエメラルドは心折れたんだろう。それで軍務を果たせなくなって、こっちに来たに違いない。

それにしてもエメラルドは酷《ひど》いヤツだ。友達《ともだち》差別だ。俺には体当たりするわ、殴ってくるわの一方、ステファンは睨むだけだもんな。あんまり痛くないからいいけど。

俺は先任軍曹に運ばれながらステファンに顔を向けた。

「おいへっぽこ」

「なんだよバカ。いや、その前にお前、エメラルド姫に一〇〇発殴られてろ」

「なんでだよ」

へっぽこことステファンは、へっぽこのくせに俺を心底バカにした目で見た。

「時々お前がどうしようもなくぼんくらに見えるわ」

「俺のどこがぼんくらだよ。こう見えてもかなり頭は回るほ」

俺は最後までいえなかった。エメラルドがへっぽこステファンのいうことを真に受けて俺をぽかぽかし始めたからだ。え、なに、なんなの？

「先任軍曹」

「今はベルニですがなにか」

「いや、それ本名だろ」

先任軍曹はため息をつきながら大股で歩いた。道行く人から笑われている。

「それでなんの御用で？」

「エメラルドを諫《いさ》めるべきだと思わないか」

「殿下、あと六〇発ほど残っております」

「ありがとう、ベルニ助教」

「ちょ」

理不尽だ。俺はエメラルドを見た。

「なんだよ。なんで怒ってるんだよ」

「いくらでも理由はあるわ！」

片手で抱えられながら、エメラルドは偉そうにいった。しかし片手で抱えられているのでちっとも偉そうじゃない。

「マジか。え。俺感謝される謂《い》われはあっても怒られる理由がわからんのだけど」

「よし、徹夜どころか三日三晩話してあげる。ベルニ助教、そこの角を右です。接収している宿があります」

「いいんですか。我々を連れて行っても」

「いいんです。助教の顔を知るものはいませんし」

エメラルドは俺の顔をまじまじと見た。

「こいつは軍服を着ずに髪の色が変わっていれば、まず分かりませんから」

「そうはいうけど、お前は俺のことすぐ分かったろ？」

エメラルドは俺をぽかぽかすることを再開した。痛い、なんかマジで痛い。

「分かるわよ！　どんだけ一緒に過ごしたと思ってるの？」

いうほど長いかなと思ったが、いえばさらに、そして決定的に怒られる気がしたので黙ることにした。理由は分からなくても危険は察知できる。俺は優秀な軍人なんだ。

先任軍曹《ファースト・サージェント》は実に楽しそう。それでそのまま、エメラルドというかリアン国が接収している宿に入った。最近少しずつ増えてきた三階建ての煉瓦造《れんがづく》りの建物だ。

看板を見るに、元々、リアン国がルース王国に向かう際に使っていた定宿らしい。エメラルドの性格か、接収といっても形ばかりのものであるらしく、宿の人間も普通に働いていた。

俺は三階の、王女や女官の泊まる階層へ。

そのまま談話室に通された。

降ろされたエメラルドは凄《すご》く偉そうに、椅子に座った。、まるで女主人のようだ。

「マクア、そこに座りなさい」

「いや。すぐにでて行くから」

エメラルドが頷《うなず》くと、どこからともなく女官たちがでてきて俺を座らせた。目の前にちっさいテーブルがでてきた。ろくに書類仕事もできなさそうな装飾過多の丸いヤツだ。この小ささではテーブルの向こうとこっちといっても大分距離が近い。しかしエメラルドは気にしてなさそうだ。王族ではこういうのが流行《はや》っているのかもしれない。

お茶もでてきた。リアン国の黒茶だ。豆を煎って作るので、そこはかとなくそんな感じの匂いがする。うん。軍と比べれば薄味だ。俺、泥みたいな黒茶が好きなんだけど。

「いや、だから。俺部下と合流しないといけないんだよ」

「それについては探してあげる」

俺は先任軍曹《ファースト・サージエント》を見た。先任軍曹は付き合ったらどうです、という顔をしている。

昔から先任軍曹はエメラルドに甘かった。まあ、軍の幼年学校における助教の優しさってのは芥子粒《けしつぶ》より小さくて見つけにくいもんだけど。

俺はため息をついた。

「絶対だぞ」

「しつこい」

エメラルドは完璧な仕草で茶を飲んだ。こっちは本人の瞳と同じ色、緑茶を飲んでいる。たしか東方三国で作られていたはず。色が変わりやすいから運ぶのも大変だろうに、よくやる。

ところで黒茶は男の飲み物といわれている。なんでだろう。苦いから？

ぼんやりと黒茶を飲んでいたら、エメラルドがどんどん面白くなった。

最初は俺を指さして文句をいってたのに、段々恥ずかしくなってきたらしくて、今はうつむいて前髪を弄んでいる。自信がなくなってしまったときのエメラルドの癖だ。

「どうしたんだよ」

「な、なんか喋《しゃべ》りなさい……？」

「エメラルドが用件あって俺を呼んだんじゃないの？」

「用？」

エメラルドはびっくりした顔をしている。それに俺がびっくりだ。

「よ、用なんてあるわけないじゃない……」

「じゃあなんだよ」

「と、友達《ともだち》でしょ」

恥じ入るようにエメラルドはいった。まあ、そこはしょうがない。向こうは王女で、俺は下級貴族で、敵だ。

「友達っていっていいのか？」

「はぁ？」

ちょっと離れていたステファンが、大股で歩いて来て俺の頭を殴った。本気の一撃だった。

「なにしやがる」

「友達《ともだち》は友達だ。お前そこに疑問を持つようなら絶交だぞ」

痛い。俺は頭をおさえながら、ステファンを、ついでエメラルドを見た。

エメラルドは泣きそう。なにか誤解がある気がする。ここはちゃんと話すべきだ。

「あえていうのもなんだし。前も、お前らがヘルハウンド連れてきた時もいったけど、俺は敵国の軍人で、下級貴族というか騎士の家の出だ。建前は五民平等という、幼年学校の中じゃないんだ。同級生だからって王女様が気安くしていいわけないだろ？　俺が一方的に友達と思う分にはいいさ。でも、それだけだ。本当はすぐにでも俺はここをでて、お前らは俺なんか知らないといい張るべきなんだよ」

「お前はそんなこといってない。お前がいったのはへっぽこ帰れで、エメラルド姫を手荒く傷つけただけだ」

「傷つくなよ。そして、俺のことなんか忘れちまえ」

ステファンが怒りの目で俺を見ている。大昔、リアン国が脱落する時、ステファンと俺で話がついたことだと思っていたのになんだそれ。お前俺の敵になってもエメラルド守るといったろうが。

そういう目で見返したら、ステファンは歯をむき出しにして顎でエメラルドを指した。

エメラルドは、涙を零《こぼ》しそう。ちっさい声で喋《しゃべ》り出した。

「結婚するからそんなことというの？」

「マジか。エメラルド結婚するの？」

ステファンどころか先任軍曹《ファースト・サージエント》にまで殴られた。どういうことだよ。

エメラルドが怒った。俺を指さした。

「あなたよあなた！　マクアディ・ソフランが結婚するの!?」

「そりゃ別人だ。百万回いってるけど、俺はソンフランだっての」

「マクア」

俺に呼びかけ、見つめる。エメラルドは本当に傷ついた顔をしている。俺は即座に先任軍曹を見た。

「先任軍曹。戦況に不明点がある。俺が結婚とか報告を受けてないぞ」

「自分も知りません。妹がおできになったことが、曲解されて連合に伝わったのではないでしょうか」

「妹？」

ステファンとエメラルドが異口同音にいった。

「ああ。最近な。結構可愛《かわい》いもんだよ」

「い、妹。妹……」

呆然《ぼうぜん》とエメラルドがいっている。そして、急にせわしない動きになった。小動物みたい。

「なんだよ、連合にはどういう情報が行っているんだ？」

「む……ええと、マクアがあんまり好きじゃなさそうな人と結婚するって」

「なんで俺が嫌いな奴《やつ》と結婚しなきゃならないんだ」

心底不思議になって尋ねると、ステファンが腕を組んだ。

「エメラルド姫。あの話、まだ公になってないんじゃ？」

「公ってなんだよ。連合め、戦争が終わってもいないのに、いや終わっていたとしても俺の結婚とか決めるつもりか。どういう権利だよ」

というか普通あるのかそんな話。俺を処刑するとかならまだしも。

そういったら、ステファンが一歩前にでた。

「そういう話なら。僕を二発殴っていいぞ」

「一発は分かるとしてなんで二発だよ」

「エメラルド姫の分は僕が引き受ける」

「やるわけないだろ。なんで俺が女の子を殴らないといけないんだ」

非戦闘員を攻撃するなんて軍人のやることじゃない。騎士の心得でもそうだ。俺は胸を張っていった。軍人目指して今の今まで、一度も破ったことはない。

「誤解すんな。事実は今いったとおりだ。というか。俺も先任軍曹《ファースト・サージェント》も戦争、また戦争だ。結婚どころじゃない。それに、結婚の約束ならまだしも、大昔でも一四で結婚なんてあまりなかったと思うぞ」

エメラルドは俺を真《ま》っ直《す》ぐ見ている。

「信じるからね？」

「大尉のおっしゃる通りです。保証します」

先任軍曹がそういって、ようやく収まった。疲れた。

「んじゃ、そういうことで」

そういって席を立ったら、エメラルドに袖を引っ張られた。助けを求めて、幼年学校時代からの知り合いであるおつきの女官たちを見ると、せっかく元気になったのになにするんじゃいとか、うちの姫を傷つけたらコロスという目をしている。

なんでだよ。

「あの、俺の話聞いてた？」

「と、友達《ともだち》なんだから、色々話すことあるでしょ」

目線を合わさず、エメラルドはそんなことをいう。可愛《かわい》らしいと思うが、八歳の頃ならともかく、一四の今でいうと、別の意味に取られそうで友達として酷《ひど》く心配になる。

「話すことなんて戦争しかないよ」

「そ、それでもいいから」

俺は席に座り直した。エメラルドもステファンも、傷つけたくはなかった。俺がルース王国の軍人でなければ、こいつらのためにだけ戦いたかったくらいだ。

○これからのこと

戦争の話をしろといわれても、軍人は戦争のことをあまり話したがらない。実戦経験者ならなおさらだ。軍事機密とか、そういうのじゃなく、単に何人殺したとか、敵をどれだけ魔法で焼いたとか、話して誇るやつは滅多《めった》にいないせいだ。

それに、語ることは思い出すことでもある。誰かを殺すことはできてもそれを思い出したくはない。それがまともな人間というものだ。

それでまあ、無難な話として、食い物の話になった。塩漬け肉ばかりで肉が嫌いになったとか、山岳師団が残した山菜を食べた話をしたら、エメラルドは大層喜んでいた。俺の不幸を笑っているとかじゃなくて、友達《ともだち》の近況を聞いて離れていた時間を埋めることを喜んだ様子だった。

「エメラルドはどうだったんだ?」

そう尋ねたら、エメラルドは緑の瞳を楽しそうに揺らして良く聞いてくれました、という顔をした。ようやく勝ち気な、普段のエメラルドが戻ってきたようで内心安心した。

「それが酷《ひど》いのよ。毎日捕虜にしたマクアをどう処分するか、そういう会議が行われていたの」

「気の早いやつらだな」

「ほんとにね」

　エメラルドは、そういって笑った。ステファンが口を出していうには、エメラルドは怒って途中から会議にでなくなったという。

「いいのかそれで、どんなにつまんない会議でも、立場的にでないと行けないんじゃないのか？」

エメラルドは元来優等生だ。それが会議を欠席するとか、ちょっと信じられない。エメラルドはいいのよといった後、ちょっと短い舌を見せて笑った。

「全然意味のない会議だったんだもの。それに、マクアを物のように扱うのが我慢ならなかったし」

ありがとうというべきか迷って、俺はそれができなかった。お礼とかいってそれで彼女の動きが縛られたら可哀想《かわいそう》だ。

「俺のことなんかいいから、うまく立ち回って、幸せになってくれ」

「お父様みたいなことをいうのね、マクアって」

エメラルドは今が幸せだ、みたいな顔でそんなことをいう。王女なんだから、もっと想像もつかないくらい幸せになってもいいのにな。王女業界のことはよく知らないから、どうすればいいのか分からないけど。

妹というか、うちの王女たちに訊《き》いてもいいなあ。今度訊いとこう。俺がエメラルドを手伝ってやることなんかなにもない気もするが、知ってるのと知らないのじゃ大違いだ。

「マクアはこれからどうするんだ?」

ずっと立っていたステファンが、エメラルドに指示されてようやく椅子に座った。座りながらそんなことをいう。

「決まっている。連合軍をルース王国から撤退させる」

俺がいうと、ステファンはそんなことできるのかよという顔をした。

「どうやってだ?」

「教えるわけないだろ。お前たちのことは信用しているが、知っているが故の不幸というものはある」

「いいや教えろ」

ステファンは食い下がった。なんでだよという前に、エメラルドが口を開いた。

「私たちが手伝えることはない?」

「だから一」

俺はエメラルドの頭を、我慢できずに撫《な》でてしまった。妹ってこんな感じなのかな。うちの王女はちょっと撫でられないから、本当の意味での妹だけど。

エメラルドは撫でられるままになるかと思いきや、むっとした顔になって俺の頭を撫で始めた。二人で互いの頭を撫でている。それで二人して笑った。

「俺のことなんか忘れてしまえ。この件これで終わり」

「そうはいかない。エメラルド姫はともかく、僕は、ね」

「なんだよ」

ステファンは偉そうに胸を張った。

「後方部門なしに戦うつもりか？　金の計算は？　物資の確保は？　僕ならできる。つまり選択の余地はない」

「いやあるだろ。お前はエメラルドを守れよ。そういう約束だろ」

「約束を守るためにお前の下についてやるといってるの」

よく分からない理屈だが、確かに今後は商人見習いでもいいから欲しい気はする。先任《ファースト》軍・曹《サージェント》は頼れるが金勘定となるとつらいし、じっちゃんは歳《とし》食い過ぎてるしな。

一瞬悩んだのを見透かして、ステファンは、お願いしますは？　という顔をした。誰がいうかという顔をしたら、エメラルドが俺の髪をいじりながら俺の顔の向きを変えた。エメラルドの方を向かされる。

「約束ってなに？」

エメラルドはなぜだか、新年の贈り物を後ろ手に隠された俺みたいな顔をしていた。期待に心揺れる顔。なんでそんな顔をするのか分からない。エメラルドはさすが王族というべきか、目の付け所が違う。

「なんでもない」

「なんでもなくない。私のことは私が決めるわ。で、約束はなに？　私抜きになにを決めたの？」

「ステファン」

「なんで僕に押しつけるんだよ！」

「お前一緒に行動してたろ」

「そんなの関係ない。マクアが訊《き》かれているんだからマクアが答えるべきだ。そっちの方がきっと嬉《うれ》しいし」

「嬉しい？」

　よく分からないという顔をしたら、エメラルドの後ろに控える女官たちが、俺を最低の石ころかなんかを見るような顔で見ていた。どうも俺は、なにかしでかしているらしい。

それでエメラルドを見た。「大したことじゃない」

「それでも、いって。今すぐ」

「単に、リアン国脱落時、エメラルドを守れ、分かったという感じで別れただけだ。このへっぽこはへっぽこだけど、約束は守るやつだ」

　多分命を賭けて約束を守るだろう。そんなことができるやつは軍にもそうそういない。

だからこそ、一国の王女の友人たりえる。

　そんなことは簡単に予想していただろうに、エメラルドは頬《ほお》を赤くして目を彷徨《さまよ》わせた。

「そ、そんなことといったんだ。ふーん」

「ふーんて、お前尋ねといてそれはどうなんだ。まあいいけど」

俺は外が暗くなり始めているのを知った。

「遅い時間だな。行くぞ、先任軍曹《ファースト・サージエント》」

じゃあな、エメラルド、元気で。そういったら、凄《すご》い力で戻された。ちっさいエメラルドにどれだけの力が隠れていたのか。

「私もついて行くから！」

「なにいってるんだ。ダメに決まってるだろ。いいか。へっぽこはへっぽこだから付き合ってもいいと思うけど、お前は王女だぞ」

「別にいいし」

「良くない。ちっとも良くない」

「私がいいといったらいいの。とにかくもう決めたから」

「お前な」

おつきの女官たちを見たら、女官たちは何故《なぜ》か頷《うなず》いていた。王女すげえ、どんだけわがままが通るんだよ。

「いや、最低でもお父さんに連絡取って、後事を誰かに任せろよ。そもそもリアン国には議会ってやつがあるんだろ」

エメラルドが三秒考えた。

「許可が出れば良いのね？」

エメラルドは笑顔でいった。今度は俺が考える番だ。あっれー。常識的にいって絶対通らないと思うんだけど。俺と一緒に動くというか、俺の味方をするのはそれだけでリアン国が危ない。そもそも危なくないのなら、最初からルース王国を裏切ったりもしないだろう。

情勢が変わった？　いやそんなことはないよな。となれば、エメラルドが戦況を勘違いしている？

こういう時、どうすれば良いんだろう。軍なら簡単だ。命令をすればいい。だが軍の外なら？

命令も、力ずくもなしだ。そもそも俺単独ではエメラルドのわがままを止められる気がしない。

よろしい。ならば外部の力を借りるまでだ。見せて貰《もら》うぞ、リアン国の常識的なところ。

「ほんとにちゃんと許可とれよ。署名付文書がないと俺は信じないからな」

「任せなさい。玉璽《ぎよくじ》押してあげるわ。ぽーんとね。ぽーんと」

「ぽーんと押すようなもんじゃねえだろ」

玉璽というのは王の印鑑だ。これが押印されているということは、国が認めたことになる。玉璽《ぎょくじ》で押印するのは国王の一存ですら難しく、当然王女がぽんと押せるものではない。

女官たちを見る。女官たちはヘタレを見るような目で俺を見ている。なんだそれ。

エメラルドは勝ったという顔をしている。

「ということで、今すぐ計画を話しなさい？」

「知らない方が良いこともあるだろう」

「マクアについては全部私が知る権利があると思うわ」

「どんな権利だよ」

「とにかくそう決まっているの。いいから話しなさい。ちゃんと手伝うから。一生懸命がんばるから」

「俺はエメラルドに苦労なんかさせたくないんだがな」

とはいえ、話さないと埒《らち》が明かなそうだ。俺はため息をついて、椅子に座り直した。

「んじゃ話すけど……ところでムデンさんは？」

「ムデンなら、避難民の誘導をしているわ。ここの占領している連中、柄が悪いから、略奪とかされないようにね」

「なるほど。ありがとう」

敵に降《くだ》ったのはあくまで振りだけ、ルース王国のために働いていてくれていたエメラルドとリアン国に俺は頭を下げた。

「頭なんか下げないでいいと思うけど、お父様には伝えておくわ」

「そうしてくれ。ぜひとも」

「はいはい。なぜかマクアってお父様と話合うよね？」

それはリアンの王様が、常識人で大人だからだと思ったが、なにかいったら揉《も》めそうなので黙っておいた。軍で仕事をしていると、同年代のやつらよりもずっと上の分別のついた大人との方が話が合わせやすくなる。これもそう、軍隊あるあるだ。

「そうかもな」

「うん。それで、どうこの状況で戦おうっていうの？　勝てないならリアンで匿《かくま》ってあげる」

「当然勝つつもりだって」

俺は深呼吸のつもりで息を吸った。

「構想を説明する。記録は取るな」

ステファンとエメラルドが頷《うなず》いた。先任軍曹《ファースト・サージエント》は油断なく周囲を警戒している。

「幼年学校にいたネイラン教授って覚えている？　古戦史の」

「ああ。時制を間違っているネイラン」

それは教授のあだ名だった。彼は古戦史を、今そこにある出来事のように語るのだ。過去形を使わないので時制を間違っているネイランと呼ばれている。

「そう、そのネイラン教授。実はあの人、士官学校の研究職で教授でもあったんだ」

「不祥事起こして異動させられたんだろ」

「私は上層部と揉《も》めたって聞いたわ」

二人の話に頷《うなず》いて、俺は言葉を続けた。

「どっちも間違ってはいない。ネイラン教授は新しい戦争理論とされるものを論文に書いて、それが軍の上層部と貴族と、前線の士官に大不評だった。それで、栄えある士官学校の研究部門から幼年学校の教授に格下げされたってわけ」

「つまり、軍関係者全部から嫌われる代物《しろもの》だったと。それがどうしたんだよ」

「そのネイラン教授の理論を実践しようと思って」

二人がえーという顔をした。エメラルドが身を乗り出す。

「大丈夫なの？　マクア」

「大丈夫に決まってるだろ。というか、皆、どこの誰がいったかを気にしすぎているんだ。理論は理論だろ。良い意見なら、それをいったのが誰であれ、採用すべきだ」

「そこで割り切れるマクア凄《すご》いよ」

ステファンはそういって腕を組んだ。エメラルドも頷いた。

「どんな理論なの？　マクア」

「論文の概略はこうだ。過去一五〇年の戦史において、軍事費はどんどん上昇している。

具体的には四〇倍になって、なお上昇している」

「歩兵を使うことになったからでしょ？」

　戦力倍増要素として、魔導師を補助する歩兵を使うようになったのがそれぐらいからだ。魔法の攻撃だけ、でなくその魔法攻撃で衝撃を受けて一時的に無力化した敵を倒すために、魔法を使えない人間を使う、というものだ。一五〇年前は魔導師一人に対して歩兵三くらいが適当といわれていたが、今はどこの軍隊も一人の魔導師につき五〇人くらいは歩兵を使う。これが小隊だ。俺の場合だと一人で六〇〇人くらいは歩兵がいないと戦力倍増にならない。さらにその歩兵に対して補給を与えるための卒や馬車が必要になる。これに加えて一五〇年前と比較すると戦争で国の数が減って、前線までの距離が長くなった分、余計に補給に金がかかるようになった。

　俺はエメラルドに頷いた。

「そうだな。ところが教授は、実際はもっと経済損失は大きいと主張した」

「どういうこと？　集計が正しくないとか？」

「いや、徴兵したことによる経済効果だな。軍務についてなければ、別の仕事ができたってことだろ？」

「あぁ」

　エメラルドには思い当たるものがあった様子。俺は言葉を続ける。

「将来的には火力の増大……つまり魔法術式の効率化、高威力化で、さらに魔法を使わない兵を増やす必要があり、経済的な負荷はさらに上昇する。とネイサン教授はいってたわけだ。なんてことはない。ルース王国が周辺国から攻められた理由。軍備を減らして経済的な成功を収めた、いわば軽武装戦略を別方向から見たら、こういう話になるわけだな」

「なるほど。それはいいとして、それをどう戦争の役に立てるんだ？」

「しっかりしろステファン。商売で考えるんだ」

「あー！」

エメラルドが俺とステファンを交互に見た。

「どういうこと？」

「大損するんですよ。戦争をするという行為自体で」

「賠償金とか領土割譲でどうにかすればいいんじゃないの？」

エメラルドの反応は、ネイラン教授の批判者の意見そのものだ。俺は頷《うなず》いて言葉を続けた。

「論文が書かれた七年前の予想だと二ヵ月くらいの戦いで、どうにもならなくなる。ルース王国からどれだけ賠償金を得ても戦費を払えなくなる」

「え？　もう三年以上戦っているよね」

「そうだな。つまり、もう現時点で大赤字の筈《はず》なんだよ。各国共に。そりゃあルース王国を滅ぼしたくなるはずだ。むしろ、滅ぼさないといけない。もう賠償金で追いつかず、少しでも赤字を埋めるために、土地を得る必要がある。そして多分、それでも追いつかない。現時点で戦争のツケを払い終わるだけの年貢を集められるのは一〇〇年先とかになってるはずだよ」

「うちの国は大丈夫なのかしら？　議会に諮問しなきゃ」

「戦費については考えていないと思うぞ。亡国よりは財政破綻の方がマシだと思うのが普通だろう」

俺がそこまでいうと、ステファンが口を開いた。

「ネイサン教授の論文は読んでないけど、ようは戦争を長引かせれば各国の財政を破綻に追い込めるってことだよな」

「そうだな」

ステファンが、長い息を吐いた。

「ネイサン教授が士官学校から追放されるわけだよ。そんな戦争の終わり方聞いたこともない」

俺はステファンの考えを補強した。

「一方でネイサン教授は幼年学校の教授という形で軍には残ってたんだよな。つまり、その才能を惜しんでた人物が軍の内部にいたことになる。まあ、今となってはどちらも真偽不明だけど」

「なるほど」

「構想は分かったけど、具体的にはどうするの？」

「要は戦争を長引かせればいい。俺は部隊を率いて、あっちこっちで襲撃を繰り返す。ヘキトゥ山で散々敵は俺に対抗するためには大軍を用いるしかないと〝教育〟したから、敵は大軍で俺に対応しようとするだろう。で。俺は逃げてまた別のところで襲撃する」

エメラルドは少し考える様子。頭がいいので、すぐに話についてくる。

「なるほど。機動力の確保が大事そうね」

「そうなるな。天馬かなにかを確保できればいいんだけど」

「補給負担が小さいから、普通に馬でもどうにかできそうだけど」

エメラルドに女官が近づいて来た。耳打ち、すぐに不機嫌そうな顔になる。

「マクア、ステファン、ベルニ教官、隣室に隠れていてください」

「なんならこのままおさらばするけど」

「そんなことしたら一生追いかけ回してやるから」

エメラルドは本気だった。

「そうか。じゃあ、大人しく待ってるよ」

「うんっ。そうしていなさいっ」

エメラルドは嬉《うれ》しそうに笑うと、上機嫌ですまし顔になった。さっきまであった小さいテーブルを片付けさせて、はちゃめちゃにでかいテーブルを用意させている。

俺たちはそのまま、隣室というか、エメラルドの寝室へ。事実に気付いて三人で凍り付いて、三人してドアに張り付くことになった。いくら友達《ともだち》でも越えてはいけないという線はあるものだ。というか、エメラルドはバカなの？

「大尉、興奮するのはいかがなものかと」

「先任軍曹《ファースト・サージエント》、俺は怒っているんだ。興奮じゃない」

「今度お一人で来られればいいでしょう」

「勘違いするな。というか、そんなこと聞いたらエメラルドが泣くぞ」

「泣かないと思うけど」

そういったのはステファンだ。俺は睨《にら》むだけで済ませた。隣の部屋に客が来たからだ。やってきたのは軍服を着るには太りすぎている大佐だった。ヒゲがなんというか変な感じだ。そうか、左右が揃《そろ》ってない。それがエメラルドを、舐《な》め回すように見ている。おうちょっと表に出ろという感じだが、すぐに目を逸《そ》らした。軽いため息。失礼なヤツだな。

二人は大きなテーブルの端と端に座っている。そうすると、随分と距離を感じる。なるほど、テーブル一つで印象は変わるんだな。さすが王族、勉強になるわ。

「殿下におかれましてはご機嫌麗しく……」

大佐が挨拶を始めると、エメラルドの背筋が伸びた、俺たちと話すときとは全然違う、冷たい表情でエメラルドが口を開いた。

「型どおりの挨拶は抜きにしましょう。軍人の時間は貴重だと伺っております。どういうご用件ですか？」

「はは。どうもこの街に賊が入っておるらしく」

殺すかと思ったが、我慢した。エメラルドは特に動揺もせずに、そう……と呟《つぶや》いている。なんだあいつ、俺と話すときはすぐに動揺したり一杯一杯だったりするのに、公的な時ではえらい冷静だな。まあ戦場における俺みたいなもんか。

「それで。連合軍の一員として、なにをすれば良くて？」

エメラルドがいうと、大佐は椅子から飛び上がりそうになって両手を振った。

「いえ、いえ。お手を煩わせるわけには。ただ、しばらくは街を封鎖したく」

「封鎖？」

「はい。賊はここのところマクアディ友の会などとふざけた名前で行動しており、かれこれ一週間ばかりもこのヘドンの街で破壊活動を行っております」

「私は毎日のように外出していたのだけれど……そんな兆候は」

「問題が起きているのは主に郊外ですからな。しかし今日になってこの商業地区でも賊の破壊活動がありました。連合兵四名が殺害されております」

「四名って……魔法被害にしては少ないわね。敵は下級貴族かしら」

「い、いえ。実は貴族ですらなく、つまりただの民が攻撃しているようです」

　エメラルドがしばらく黙った。

「どうして民の攻撃で被害を受けるのかしら。魔導師に民が勝てるとも思えないのだけれど」

「おっしゃる通りです。し、しかし兵士の見廻《みまわ》り中におきたことでして……」

「教本では……警邏《けいら》をする場合でも少尉を立てるのが普通ではなくて？」

「それについては高度に技術的な問題ですので、お答えできかねます」

　エメラルドは、そう聞いて顔をしかめた。

「高度に技術的ね……。それで？」

「は、はい。それでしばらく街の出入りを禁止致しますので、その連絡をと思いまして」

「なるほど……分かりました。リアン国は連合の一員として、いつでもお手伝いできます」

「大丈夫です。賊などすぐに始末してご覧に入れます」

「期待しています。大佐」

大佐は尻尾《しっぽ》があったら巻いて逃げ出す感じで辞して行った。窓際によって見ると、宿からでた瞬間に部下に当たり散らしている。

なにが高度な技術的問題だよ。どうせ、サボってただけとかそういうのだろ。

「マクア、ベルニ助教、ステファン、もう大丈夫よ？」

「分かった」

俺はエメラルドが毎日寝ているであろう寝台をなるべく見ないようにして歩いた。

「あの大佐は？」

「ヘドンの街の守備隊隊長。騎士出身みたいだけど、あれで馬に乗れるのかしら？」

「ぶん殴ってやろうか」

そういったら、エメラルドは嬉《うれ》しそうに笑った。

「ありがとう。でもいいわ。マクアが戦うのはルース王国のためでいいと思うし。それに、あれぐらいで怒っていたら大変だもの」

「王女って大変なんだなあ」

そういったら、笑われた。エメラルドは嬉しそうに顔を近づけた。

「でも、本当に大変だったら、助けてね」

「誓って。お前を酷《ひど》い目に合わせる者を全部焼き尽くしてやる。騎士出身があんな感じだと思われるのはイヤだ」

「思わないわよ。そんなこと。……私は知っているから。本物の騎士は、たとえ一人きりだとしても、戦力差がどれだけあろうとも、民衆や国のために戦うのよ」

エメラルドは神話か伝説を今見て来たかのように語った。時制を間違えたネイランみたいだ。まあでも。

「そんなやつが味方にいたら良いんだけどなあ」

そういったら、ステファンから肩を抱かれた。

「なんだよ」

「お前、想像力ってやつを母親の腹の中に置き忘れてきたろ」

「ばっか、優秀な指揮官に必要なのは想像力と創造力だぞ」

「ハハハ」

むかつくのでステファンの耳を引っ張っていたら、先任軍曹《ファースト・サージエント》が微笑《ほほえ》んで口を開いた。

「本物の騎士。大尉なら、いい線いくと思いますが」

「俺は一度たりとて一人じゃなかったからな。そうだろう。先任軍曹」

「はっ。大隊の全員が大尉にお供する所存であります」

「ありがとう先任軍曹。となれば俺は本物の騎士ではない。本物の軍人ってだけだ。さて。

騒ぎを起こしたのは俺の部下だと思うか？」

マクアディ友の会は酷い名前だ。というか恥ずかしい。俺の部下だったら吊《つる》す。

「敵兵が乱暴をしていれば、可能性はあります」

「だよなあ」

「あら、でも一週間前からでしょ？　それにあのいい方からして、襲撃は偶発的ではなくて、つまり一回や二回ではないはず」

さすが優等生、いや、エメラルド。その通りだ。

「それもそうか。俺の部下なら、少なくとも連続した作戦行動をする前に、俺を待つだろうしな。ありがとうエメラルド」

エメラルドは、ない胸を張った。どころか背伸びまでしている。

「ふふふ。軍事でマクアの役に立つなんて、私も大層なものね。だから」

「だから？」

「置いていったら酷《ひど》いからね？」

「はいはい」

エメラルドの頭を撫《な》でようとして、顔が近すぎるせいでできないことに気付いた。背伸びしているせいだ。中々いい防御をする。

「どうしたの？」

「いや、なんでもない。さて、参ったな。よりにもよって今都市封鎖されてしまうとは」

「問題なの？　敵の戦力はそんなにないと思うのだけど」

「エメラルドがこの街にいるからなあ」

エメラルドが分かっていなさそうなので、俺はテーブルを片付けるのを手伝いながら説明することにした。

「エメラルドがここにいる以上、リアン国にいらぬ迷惑をかけないために、この街では騒ぎを起こしたくはない。リアン国が俺を支援していると思われたら面倒だ」

エメラルドは、不思議そう。

「気にしないでいいのに」

「気にするわ！」

そもそも、俺の魔法は市街地に優しくない。ぶっちゃけ、本気を出すまでもなく街をまるごと焼いてしまう。かといって小規模魔法でちまちま焼いて区画毎《ごと》に泥沼の歩兵戦なんて、市民への迷惑を考えるとやってられない。

そこまでいったら、エメラルドは慌てだした。

「え、じゃあ元々どうするつもりだったの？」

エメラルドは俺がこの街を、というか、ルース王国全土を火の海にするとでも思っていたらしい。こわ。エメラルドこわっ。

そう思ったらエメラルドに睨《にら》みつけられた。今いわれた構想なんだから仕方ないでしょ、の顔。それもそうか。そもそも俺は突撃士官、火属性勅任魔導師だからなあ。

「元々は都市と都市を繋《つな》ぐ街道での攻撃狙いだな」

「街をでると……。じゃあ、私のおつきということででるのはどう？」

「だからー。そういうことはなしに、だ。あとで調べられて足がつくとまずい。行き帰りで人数が合わなくなるもの問題だ。部下も回収しないといけないしな」

まるで職業犯罪者みたいないい方だが、まあ、敵から見ればあんまり変わらないか。

エメラルドは細い腕を組んだ。

「部下は何人いるの？」

「一五〇くらいかな」

「結構いるのね。うーん。外出というには無理があるかなあ」

「なんでつまんなさそうなんだよ。結構頑張って生き延びさせたんだぞ」

文句いったら、分かってないなあという顔をされた。どういう理屈だ。エメラルドは横を向く。

「まあ、そうなんでしょうけど。まあいいわ。今度買い物に付き合うように。それで、表向きはリアン国とは関係ない感じでヘドンから脱出するのね」

「ああ」

エメラルドは考えた。が、色々面倒臭くなった顔をしている。

「やっぱり。戦うのはどう？」

「なしに決まってるだろ」

とはいえ。気持ちは分かる。脱出したと思ったのにまた脱出。これを面倒といわずになんといおう。

○マクアディ友の会（1）

マクアディさま、最大の被害者といえばもちろんうちの姫様でしょう。八歳の時、出会ったその瞬間から振り回されておいでです。もっとも、半ば好き好んで被害者になっておられますので、さして問題にはなりますまい。

私は彼の被害者というよりも、それを暖かく見守るじいや。とでも申しましょうか。そんなことを考えていたせいか、気付いたら連合の兵を四人ばかり斬り倒しておりました。老人と少女によからぬ連合兵が絡んでおりましたので、気付けば斬り殺してしまっていた次第です。いやはや、参りましたな。ははは。そういえばここのところ、こういうことばかりをしている気がしますな。

兵ばかりかと思いきや、一人貴族がいたようです。反撃の魔法を避《よ》けて剣を振るったのですが、片方のヒゲを切るだけで取り逃してしまいましたが。まったく戦いもせずに逃げるとは近頃の連合貴族ときたら……。

「大丈夫ですかな」

そう尋ねましたところ、大層お礼をいわれました。ふむ。いずれも高貴なお生まれの様子。

「いえいえ。お礼をいわれるほどでは」

私は周囲の気配を感じながら頷《うなず》きました。武装をされた、一〇〇、いやもっと居られますかな。一五〇ほどでしょうか。

「実際、私が手を出さないでもどうにかされたでしょう。それはさておき、どこかに潜伏するのであれば、お手伝い致したく」

どのみち、私はリアン国の関与を疑われぬよう、血を洗い清めたり、時間を潰したりしなければなりません。こうして一五〇名ほどの避難民と一緒に行動することに致しました。

この一五〇というのは微妙な数字でございまして、ヘドンの街に隠れるには多過ぎ、さりとてこの街の守備隊と戦うには少なすぎるという数でございます。

マクアディさまならいかがなさいますかな。彼は魔法の才を持ちますが、それを用いれば大勢の民を巻き添えにすることになるでしょう。ゆえに、絶対に戦うことを選ばないと思いますが……

「とりあえずは潜伏を致しましょう」

「潜伏、ですか」

どことなくうちの姫様に似ていなくもない、高貴なお生まれの少女がそう申されました。幼い頃のうちの姫様は、そう大層可愛《かわい》らしくございました。今も大変可愛らしいのですが。もう一人のお嬢様の方は、ぼんやりとしているようにお見受けします。

「はい。潜伏でございます。不注意とは申せ、連合兵が死んでしまったので、守備隊は大いに活動をするでしょう。その間は身を隠さねばなりまぬ」

　幼い方のお嬢様が頭を下げました。

「申し訳ありません。この土地には不案内で……」

「そうでしょうとも。私がご案内いたします」

「ありがとうございます」

「いえいえ。そう、私、ムデン・コロシオと申します。お嬢様がたは……ああいえ。名乗らなくても大丈夫でございます」

　笑顔でそう申し上げたところ、高貴なお生まれの少女がほっとしたような、いぶかしむような顔をされました。これはいけません。不信の念を与えては、十分にお休みになれないにちがいありません。

「実の処《ところ》、私はマクアディ友の会の一員でございまして」

　お嬢様が身を乗り出されました。

「マクアディ・ソフランをご存じで？」

　さすがマクアディさまの名前はこの国では絶大な効果があります。その名を出すだけで味方と思っていただけたようです。

「はい。騎士の子なのだから、それなりには使えるようになりたいと申されまして、以前剣術を教えたことがございます」

幼い方のお嬢様がびっくりした顔をされています。

「そうなのですか？　私、兄さまが剣術を使えるなんて知りませんでした」

「兄さま。はて。こんな可愛《かわい》らしい妹御がおられるとは聞いておりませんが、ともあれそういうことならば、一度尋ねてみればよろしいでしょう」

そういったところ、お二人は表情を曇らせました。ヘキトゥ山で亡くなったと、思っているのかもしれません。

それで、ご安心めされるように微笑《ほほえ》みましたとも。

「ご安心くださいませ。マクアディ・ソフランは、激戦悪戦こそ庭のようなもの。そう簡単に死にませぬ。おそらくは今頃、こちらに向かっておいでだと思います」

○第二の脱出計画

魔法抜き。街の被害なし。当然エメラルドというか、リアン国に迷惑はかけない。

これで脱出しないといけない。中々の難事業だ。ヘキトゥ山からの脱出より難しい気がする。

なにせ魔導師に魔法使うなっていうんだから、大変だ。

俺はステファンの部屋で寝ることになった。ステファンは一人じゃないと眠れないとかいいつつ、俺より素早く眠っている。職業軍人の俺より早く眠れるって、すごい才能だ。

まあいい。寝るのも仕事だが、仕事はそれだけじゃない。

俺は眠らずに寝台に寝転がりながらどう戦うかを考える。考える時間、というものは、士官にとってなにより重要だ。要するに士官とは、そして魔導師とは考えて動かすのが仕事なのだから。

今、答えがでないのは条件が厳しすぎるせいだ。ということで、そこから変えないといけない。

どうやればいいだろう。

街の被害とエメラルドのことは動かしたくない。同列に並べていたがこれらは目的である。一方魔法抜きの方は単なる条件だ。最初に動かすべきはこれだ。

魔法といっても色々ある。ようは街に被害がなく、エメラルドに迷惑さえかからなければいいのだから、その範囲で魔法を行使するのはいいだろう。要は使い方だ。俺の大火力を使える戦場を作ればいい。

その上で、どう脱出するか。街を閉鎖している連合兵をどう出し抜くかだな。殺して進むのが一番簡単だが、そう思うあたり、軍人として健全な考え方ではないだろう。軍人の仕事は目的を達成することで、殺害も攻撃も手段でしかない。手段と目的が入れ替わるのは、士官学校で何度も戒められたことだ。

殺さないで出し抜く。大体のイメージはあるが、さしあたってはまあ。偵察だな。それに合流だ。

そこまで考えて、俺はようやく眠ることにした。宝箱の枕なんかより、ずっと良く眠ることができた。

それで、朝はエメラルドにたたき起こされた。

「朝よ！　目覚めなさい！」

元気よくそんなことをいう。一国の王女さまがなんてことしてるんだ。

「男の寝室に入ってくんな！」

「は？　別にいいでしょ？」

「いや良くないだろ」

ステファンに同意を求めようとしたら、隣にいるはずのやつがいなかった。

「ステファンがいない！」

「とっくに起きて朝ご飯を食べているわよ。マクアも食べる」

エメラルドは俺の手を引いて食堂へ行く。随分とはしゃいでいる感じだ。

「俺を起こすなら先任軍曹《ファースト・サージエント》にいえばいいだろ？」

「私に起こされた方が幸せでしょ？」

そうかも。と思ったが、エメラルドに変な噂《うわさ》が立つのはさけたい。次から気をつけよう。

それで戦場からほど遠い食事をしていると、ステファンが俺に紙を差し出した。

「なにこれ？」

「この町の地図だ」

「どうやって手に入れたんだよ。軍事機密だろ」

「自分で作図した。測量は簡易だけど、ほぼ正確だと思う」

「すげえ。ステファン、見直したわ」

「僕をへっぽこ呼ばわりするのはお前くらいだ、マクア」

ステファンはそんなことをいいながら上機嫌だ。俺も地図を見て上機嫌。これだけで勝てる気になるのが正しい軍人というものだ。

「それでムデンさんは？」

「まだ帰ってないわ」

エメラルドは全然心配してなさそうだった。俺もそう思う。あの人殺すなら中隊規模で戦争仕掛けて、さらに相当頑張らないといけない。しかも恐ろしいことに、あの人は魔法を甘えといって使いたがらない。底が知れないってわけだ。

俺はゆで卵を食べた。塩で食べると美味《うま》い。卵は高級品なのでありがたく食べる。

「大尉、ムデン氏を捜索しますか」

「そうだな。ついでだ」

エメラルドには強い護衛がいて欲しい。俺は頷《うなず》くと食い物とエメラルドとリアン国に感謝して席を立った。

「よし行ってくる」

「私も……」

立ち上がろうとするエメラルドを止める。

「お前はダメ。良い子でまってろ」

「間接的にちっさいいった！」

「いってない」

俺はエメラルドの顔を見た。エメラルドは不満そうに俺を見ている。

「指揮官の指示には従え。エメラルドにはエメラルドの役割がある」

「晩ご飯までに必ず帰ってくること。でなきゃ許さない。あとステファンを連れて行くこと。買い物に付き合うこと。それから」

「多いな!?」

「……怪我《けが》したら泣くから」

怪我する前から泣きそうな顔に、俺はそれ以上不満をいい損ねた。

「はいはい」

それでなんとか外にでることができた。やれやれだ。

先任軍曹《ファースト・サージェント》が苦笑している。

「これからどうなさりますか」

「味方とムデンさんを探す」

「どうやって探しますか」

「ステファンの地図がある。これであたりをつけた」

ステファンはどうだ、という顔をしている。耳を引っ張ってやりたいが、正直、この地図には高い価値がある。これについてはどれだけ褒めても足りないくらいだろう。

「悔しいがステファンは良い仕事している」

ステファンは半眼になった。

「部下の功績は上司の功績だろ？　素直に喜べよ」

「え。ステファン俺の部下でいいの？」

「戦争に勝ったら勲章と年金くらいは寄越《よこ》せよ。あと、エメラルド姫を泣かすな」

「分かってるって」

「絶対だからな」

「勲章と年金については今度書類用意する」

「そっちじゃない！」

　ステファンは怒った。まったくどいつもこいつも、俺がエメラルドを泣かすと思っている。

「分かった。大丈夫だ」

「お前は戦争以外、全然信用ならない」

「これからやるのは戦争だ。安心しろ」

　敵の守備隊長は重要な情報を口にしていた。街を封鎖すると。つまり、マクアディ友の会という団体はヘドンの街の中にいるに違いない。

　それに加えて、ムデンさん。それと俺の妹たちと部下たち。この街にはいろんなのが隠れているな。

　まずはどこから探そうか。まあ、一番見つけやすいであろう妹たちからいこうか。なにせ一五〇人だ。目立つに違いない。

俺は地図を見る。いくら交通の要衝とはいえ、いきなりやってきた一五〇人の余所者《よそもの》が隠れる場所なんてそんなにはない。敵の指揮官も同じことを考えるだろう。マクアディ友の会という団体が活動しているなら、まあ隠れる場所を虱潰《しらみつぶ》しに調べるはずだ。

「地図を見る限り、怪しいのは三カ所だ。貧民街と、領主館跡、あとは郊外。このうち、郊外は考えから外していいだろう」

「なんで？」

ステファンが尋ねてくる。俺は指で地図をなぞった。

「郊外の村では一五〇人の食い物を安定的に手当できない。そもそも俺と合流が難しくなる」

「なるほど……。そういうことなら、領主館跡は焼け野原で地上部分はなにも残ってないぜ」

「隠れる方は裏をかこうとする。なにも残ってないからこそ、普通は調べられはしないとか考えてもおかしくないだろ？　まあ、とりあえず行ってみよう。仮に空振りでも、そこで敵の動きか味方の動きが掴《つか》めるはず」

俺は先任軍曹《ファースト・サージエント》を案内するようなそぶりで、のんびり歩き出した。ステファンは気安く俺の横に並んでくる。演技で友達《ともだち》のふりをするつもりらしい。実際そうだから、騙《だま》すには良い感じだ。

そうこういっているうちに領主館跡についた。焼けて崩れ落ちた廃墟《はいきょ》に、木で作った台があって、そこに領主一族の亡骸《なきがら》がさらされていた。中には小さい骸《むくろ》まである。

「ここじゃなさそうだな」

俺はそういいながら、小さく火の魔法を使った。死体をついばむカラスごと、綺麗《きれい》に亡骸を焼く。大火力で灰も残さない。

「俺の部下やじっちゃんが、ここの死体をほっとくわけもない。つまりここには来ていないし、偵察にも来てないな」

それに、敵は有能ではない。普通は晒《さら》した亡骸を守るために兵を置くものだがそれがない。ここが陥落して一月くらい経《た》っているから、敵が警戒体制を解いた可能性もあるけど、それだったら亡骸を埋葬するだろう。占領地の住民の感情をいつまでも逆撫《さかな》でするのはバカのやることだと思う。いや、そもそも今に至るまで住民が領主一族の亡骸をほっとく位だから、ヘドンの領主は人望がなかったのかもしれない。

「そこ！　なにをしている！」

そう思ったら、連合の兵士がやってきた。柄の悪そうなのが二人。前言撤回だな。敵は最低限の仕事をしているし、領主の埋葬をしようとする住民は近づけなかったに違いない。考えと想定を修正しないといけない。

「なにを笑っている！」

俺は兵士の頭を焼いて吹き飛ばした。兵士が持っていた剣を奪って一本を先任軍曹《ファースト・サージェント》に渡した。

「マクア、隠れてこっそり街をでるんじゃなかったのか」

ステファンがそんなことをいう。

「気が変わった。敵損害一〇〇人かそこらまではこっそりということにする」

「それもどうかと思うけど、気持ちは分かる。遺体を晒すなんて……」

ステファンはそういって押っ取り刀で駆《か》けつけてくる敵の増員を見た。

「兵士二〇人くらいだな。どうする？　逃げ道なら……」

「もう焼いた」

敵の兵士の頭は兜《かぶと》ごと燃えさかる松明《たいまつ》になった。そのまま数歩歩いて倒れていく。

「相手が魔導師である場合のセオリーを無視して無策で寄ってくるなんて、落第生だな。先任軍曹」

「連中はどうも、戦争に勝ったつもりで勅任魔導師に対する備えを忘れているようです」

「なるほど。だったら教育してやらないといけないな」

本部への伝令であろう走って逃げる敵の兵の頭に炎の矢を撃ち込んで、俺は背を向けた。

「次だ。貧民街に行こう」

「承知いたしました」

ステファンが遅れてついてくる。

「いつもこんな感じでやってるの？」

「そんなわけないだろ。いつもだったら辺り一帯火の海だ」

「軍人怖い」

「エメラルドの元に戻ってもいいんだぞ、少尉」

「え。僕少尉でいいの？」

一転してステファンは嬉《うれ》しそう。こいつは幼年学校止まりだったので、嬉しいらしい。

「いいことばかりじゃないけどな。魔法が使える以上は士官は義務だ。仕方ない」

「そうかあ。負けてる方に加勢するのも悪くないな」

「死ぬまではそうだな」

そういったら、ステファンは苦笑した。

「死んだ後のことを気にしても仕方ないだろ」

そうかもしれない。

そのまま、ステファンの案内で貧民街へ向かう。敵はまだ追っ手をかけていないようだ。表通りを通らずに裏道、裏道で進む。まったく人とすれ違わないのは連合兵と会うとろくなことにならないと民衆が思っているせいだろう。

「そこの角。こっそり見て」

ステファンにいわれて建物と建物の間から視線を飛ばす。リアン国の宿より余程立派な商館があった。

「あれは？」

「前に見た太っちょの住処《すみか》」

「この街の占領軍司令部か」

守りは二個中隊という感じ。おそらく、三個中隊を交代で休ませながら守備させているのだろう。

周辺の建物は破壊、整地されて防御しやすい感じになっていた。

「まあ、だからなんだって話だけどね。貧民街はこっちだ、マクア」

またも裏道、入り組んだ道まで、よくステファンは調べている。

「なんでここまで調べているんだ。ステファン」

「連合でのリアン国の立場は酷《ひど》いもんだよ。ここの街でもそう。なんで買い物にしてもこういう道を使った方がいい」

ステファンの言葉には悲しみがある。

裏道を歩き出して昼過ぎ、街の南端にある貧民街にでる。このあたりは少し低地になっていて水はけが悪く、そのせいか地面もぬかるんでいるように思えた。疫病が流行しやすい環境だが、住んでいる人は気にしてなさそう。

それにしても便所のような臭いがするところだ。じっちゃんや妹たちがここに居ることはなさそうに思える。

「ここは汚くて臭いから、占領軍もそうそう来ないらしい」

ステファンの言葉に頷《うなず》きながら、歩く。剣を持っているせいか、酷《ひど》く警戒されている。後ろからついてきてるやつもいるな。

気にせず歩いていたら、いつのまにか囲まれていた。どうみてもチンピラたちだった。連合に占領されていても生き残るんだな、こういう連中。

「ニクニッスのお坊ちゃんが、なんのようでちゅかー？」

バカにした響きでそんなことをいわれた。

「誰がニクニッスだ」

「大尉、髪の毛の色です」

そうだった。自分でも萎えた気分になったことを思い出した。

チンピラたちを見る。服装貧しく、風呂も洗濯もご無沙汰な感じで、野戦帰りの軍人という様子。つまり不潔だ。

「ニクニッスは敵だ。ところで一五〇人くらいの団体がここに逃げ込んでないか。知り合いなんだが」

囲んでいたチンピラのうち、偉そうな一人がでてきて口を開いた。手には洋刃を持っている。風体は他のチンピラと変わりないが所作は洗練されているから、元は下士官かなにかだったのかもしれない。

「知ってても余所者《よそもの》には教えられねえ」

「それは良かった」

「なにが良かっただ！」

「文字通りだよ。そっちの口が固いのなら、少なくとも占領軍にバレてはいないだろう」

チンピラたちが顔を見合わせた。チンピラはチンピラでも愛国心のあるチンピラらしい。そういうことはよくある。どういうわけか一番の愛国者は、国から一番見放されているような連中だったりするもんだ。

「お前は連合の敵か」

「敵だ。それで頼みがあるが、もし見かけたら教えてくれ。礼はする」

「金か」

「いや、持ち合わせがなくて。連合兵の首とかでどうだ」

そういったら、笑われた。

「ガキがなにをいっている」

軍服着てないとこういうところが面倒臭いんだよな。そう思いつつ、愛国者に礼を尽くすことにする。

「ガキでも殺しに慣れたやつはいるさ。とにかく頼んだ。もちろん、そっちが連合兵に襲われているとかなら条件なしで協力する」

「勝手に決めるな。話を進めるな」

「別にそっちに損はないだろう？」

そういったら、悔しそうな顔をされた。よく分からないな。面子《メンツ》かなんかか。面子じゃ戦争できないんだがな。

どういい返そうか迷っていたら、先任軍曹《ファースト・サージェント》が前にでた。

「チェイ・アー、チェイ・アーであります」

「そうか」

チンピラたちが下がった。ステファンも俺も、よく分からないやりとりに困惑した。なんだどうした。

「先任軍曹、チェイアーとはなんだ」

「ルース軍下士官の符牒《ふちょう》であります。意味は我ら一致団結せよ」

「なるほど。次は城壁に行こう」

「え、調べないでいいの？」

ステファンがそんなことをいう。俺は歩きながら口を開いた。やあ。エメラルド連れてこなくて本当に良かったわ。この臭いであいつ病気になりそう。

「もう分かったからいい」

「え、え？　あれでなにが分かるんだよ」

「もし俺の部下がいたら、自警団的なああいう連中の味方をするだろう」

「え、それだけ？」

「それだけだ。俺は自分の部下を信用している」

なにせ、俺が死ぬかもしれんという突撃や防衛戦でも健気《けなげ》についてくる下士官と兵だ。

この点について俺は微塵《みじん》も疑ってなかった。あいつらの愛国心を疑うことが罪だ。

俺の発言にステファンはなにもいわず、話題を変えてきた。

「マクア、城壁というけど、郊外を調べるの？」

「いや、単に城壁を調べる。軍人だからな。とりあえずそこが気になるわけだよ」

「街を攻めるならまだしも、逃げるのに？」

「攻めるも守るも逃げるにもどうであれ城壁の情報は必要なんだよ。ところでステファン」

「なんだよ」

「エメラルドがついてくるってどこまで本当だと思う？」

いった瞬間、ステファンがどうしようもないバカを見る目で俺を見た。

「お前……それについては疑う方が罪だからな」

「そうかぁ」

それで納得したのだが、ステファンは俺を許してくれない。

「マクア。いわせて貰《もら》うけどエメラルド姫の一体なにが不満だってんだよ」

「不満なんてあるわけないだろ。ただ、苦労させたくないし、不幸にもなって欲しくないだけ」

ステファンと先任軍曹《ファースト・サージェント》は互いに目線で会話している。ステファンが俺の両肩に手を置いた。

「よし。じゃあ教えといてやる。エメラルド姫のやりたいようにやらせるのが彼女一番の幸せだ。マクアは変なこと考えず、ただただそれを実現すること。それだけでいい」

「それだとエメラルドがとんでもないわがままに聞こえるな」

「お前相手にはわがままでいいって皆思ってる」

「酷《ひど》い話だ」

立場のせいか性格のせいか、エメラルドはわがままいってもつい許される傾向がある。大丈夫か、あいつの将来。わがままがいきすぎて皆から嫌われたりしないだろうか。

俺がついていてやればいいんだけど、立場の差があるから、いつまでも友達《ともだち》づきあいとかできないだろうしなあ。

考えていたら壁際に来た。城壁の高さは二〇キュテ（六m）ほど。魔法を防御するには厚みが足りない。まだまだ魔法の威力が弱かった数百年前の防壁をそのまま使っていたようだ。

壁付近には家もなく、きちんと防衛施設として機能しているみたいだが、土属性魔導師が大重量の岩を飛ばしてきたらひとたまりもない。戦闘の跡もないので、おそらくは無血開城して領主はあんなことになったんだろう。酷い話、その二だな。

街を封鎖するとか占領軍の指揮官はいっていたが、それを可能にするのはこの壁、というわけだ。壁の上を見上げる。もう夕方で影が長い。兵士が巡回で二人。三〇〇〇数える毎《ごと》にやってきている。

「壁見るの、面白い？」

ステファンがそんなことをいう。俺は肩をすくめると、仕事だからなといい返した。

「んじゃ、帰るか」

ステファンは実に嬉《うれ》しそう。

「ちゃんとエメラルド姫のところに帰るのは偉い。偉いぞ、マクア」

「なんかバカにしてない？」

「してない。明日《あした》もこんな感じで探すの？」

「いや、貧民街も領主館跡も空振りだったから、余程うまく隠れているんだろう。俺が適当に歩き回っても見つからない可能性が高い」

「一五〇〇人もいるんだから、地道にやれば手がかりは見つかると思うよ。例えば食糧の買い付け記録をあたるとか」

「流石《さすが》だな。商人ならではってやつだな、ステファン」

「マクアの役に立って嬉《うれ》しいけど、そのいい方だと違う手を選ぶんだね？」

「ああ。あんまり時間をかけてもしょうがない。ヘドンはエメラルドの影響でまだマシなほうだと思うけど。それでも」

それでも俺の国の、ルースの人々は苦しんでいる。軍人としては一日も早く改善したい。

○マクアディ友の会（2）

私はメディア・レコ・マリス第一王女。今は英雄マクアディ・ソフランを頼りに、落ち延びる哀れな存在……。

下水施設と聞いたけれども少しも臭わない場所に私たちはやってきた。案内をする紳士、ムデンさんによれば、この下水施設はもう使われておらず、地下遺跡になっているそう。

「なぜ、こんな立派な施設が使われなくなったのですか？」

私の聞きたいことを、妹のラディアが尋ねている。ムデンさんはゆっくり頷《うなず》くと、大きな広間で脚を止めた。

「昔大きな氾濫があって川の流れが変わったと聞いております。下水施設に繋《つな》がる先がなくなってしまったのです」

何百年もすれば川の流れが変わるというのはよく知られた話だ。川の流れが変わって下水施設は下水施設の役を果たせず、そのうち忘れられた、というわけだ。

今いる広間は、汚水を溜《た》めておく水槽だったという話だ。昔の人は、凄《すご》いことをする。土魔法を戦争に使ってない時代には、こういうものも簡単にできたのだろう。

天井が高く、一つ小さな穴が開いている。明かり取り用ではないだろうに、なんだろうと思っていると、沼気を逃がすための穴だと聞かされた。その穴からだけ、冬の青空が見える。

「兄さまは……来られるでしょうか」

ラディアが青空を見ながら呟《つぶや》くようにいっている。誰にも答えられぬ質問だったが、ムデンさんは良い笑顔を浮かべると、もちろんですともと返した。

「マクアディ・ソフランはことのほか可愛《かわい》らしいお嬢様がたに弱いのです」

「そ、そうなのですか？」

思わずうわずった声を出していた。悪魔みたいな人だと思ったのに、そういわれるのは驚きだった。

何故《なぜ》か、いわれた方のムデンさんもびっくりしている。

「なによりも、お嬢様がたを逃がして時間稼ぎの戦いをしております。これ以上の証拠はありますまい」

それはそうだ。いや、でも、それだからこそ、マクアディが無事なのかラディアは案じている。私もそうだ。自分がとても卑怯《ひきよう》な存在になったようで心が痛むけれど、今はマクアディに頼るほかない。それがとても悲しい。

「姉さま?」

ラディアとムデンさんが私を案じている。私がまた、考えごとをしていたせいに違いない。

思い切って、話すことにする。

「あの、マクアディはそんなに女性が好きなんでしょうか」

「女性全般という意味ではどうでしょうかな。ただ、お姫様には弱いかと思います」

ムデンさんはマクアディがリアン国の王女と大層仲が良かったと語り始める。それを聞いて、腹が立ってきた。

リアン国……!!

それはルース王家にとって最悪に近い名前だった。ルースの分家国でありながら裏切り、今は戦勝国に名を連ねている。悪辣にもほどがある。

その邪悪国家の姫が、私たち唯一の頼みの綱、マクアディと仲が良いという。

許せない。

許していい訳がない。

たしかあそこの姫は四人。マクアディと近い年齢でいうと第三王女のアレキサンドライトか、末姫のエメラルドのはず。多分エメラルドだろう。エメラルドは軍人教育として我がルースの陸軍幼年学校に入学していたはず。

なんてやつ、なんてやつ。マクアディもマクアディだ。ルースに忠誠を誓うのであれば、リアンの誰かと付き合うなど、許されるわけがない。

抗議を、厳重な抗議をするべきだ。マクアディに。怖いけど。

私はぎゅっと拳を握りしめると、平静を装うことにした。今騒いでも仕方がない。

○まもなくマクアディ被害者の会

ワシのヒゲが、片方なくなった。というか切られた。肉付きのよさそうな小娘を手篭《てご》めにしようとしたらこのざまだ。

ルースめ。滅びてもまだワシに刃向かうか!?

部下が陰で笑うので、ワシは魔法で部下を焼き殺した。それでようやく、冷静になることができた。ああ。腹が立つ。腹が立つといえばリアンの姫将軍もそうだ。女としての魅力は少ないが愛玩用に飼ってやってもいいと内心思っていたが、あの性格では駄目だ。

腹立たしいので街に火を放ってやろうかと思っていたら、見せしめに置いていた領主一族の死体が焼かれたという。

「警備担当者を呼べ!!」

怒鳴ったところ、部下の一名が深々と頭を下げていった。

「残念ですが大佐、既に警備担当者は小隊ごと焼かれております」

「おお……おお。気が利くではないか」

ワシは少し気分を良くした。部下はなにかをいいたそうな顔をしたが、なにもいわなかった。説教などは聞きたくない気分だから、実に、実に良い態度だ。

ワシは接収した商館の部屋を歩いた。ここの持ち主であった商人の娘は実に良かった。

すぐに自殺してしまったが。

「ワシのヒゲを切ったヤツをなんとしても捕まえねばならん。捜索の状況はどうだ」

「一通り探しましたが未《いま》だ……」

「貧民街はどうだ」

部下たちが黙った。そんなことだろうと思った。略奪しても効果が薄そうな処《ところ》には手をださん。まったく、ワシが若い頃は喜んで貧民街を焼き討ちしていたというのに最近の若い連中は考え方に甘えが見える。

「さっさと貧民街を調べろ。一個大隊をあてても構わん」

部下は顔を青くして敬礼した。そう、それでいい。

○夜明けの鐘を鳴らせ

今日も食い物が美味《うま》い。小さめのテーブルに一杯の料理がのっている。敗戦国で食べる物とは思えないものばかりだ。いつか皆がこういう食事ができるように頑張りたい。

正面に座ったエメラルドが、楽しそうに話しかけてくる。

「マクアはなんでもおいしそうに食べるわね？」

「実際美味いからな。良いもの食っている」

そういったら、急にエメラルドは長い金髪を弄びはじめた。

「王女はあまり関係ないと思うけど」

「じゃあ財力？」

「違うっ。そ、そんなにお金はかかってないと思うわ」

エメラルドは顔を真っ赤にしていう。いや、そんなことはないだろうと思ったが、後ろに黙って控える女官たちが俺を睨《にら》んでいる。この朴念仁《ぼくねんじん》とか、重要なことに気付けボケとか。そういう目だ。

先任軍曹《ファースト・サージエント》がステファンに尋ねたいところだが、なぜか夕食の席は別だった。先任軍曹曰《いわ》く、重要な会議があります、とのこと。会議の内容はあとで聞くにしても、今は俺単独で切り抜けないといけない。

目の前の肉を切って食べる。丁寧な筋切りがしてあって軍でよく見かける反った肉とは別物だ。良く休ませてあって手間暇かかっている。ソースはジャムと肉汁、香辛料少し、塩が少し控えめな気がするがそれ以外は完璧だ。うーん。

「へ、へただったら文句いってもいいのよ？」

「こんなに美味いのに？」

そういったら、エメラルドは自分の金髪で顔を隠している。耳まで真っ赤だ。それでいて、ちらちら俺を見ている。

女官たちの刺すような視線を感じながら、推理する。土属性魔導師が岩石を飛ばしてくるのに似た危険を感じる。なんだ。俺はなにを見逃している。

そうか。

「まさか、エメラルドがこの料理作ったの？」

女官たちが一斉に脚を踏みならした。怒りに燃える突撃兵みたいな靴音だな。いや、それはいいけど。

「う、うん」

エメラルドは何度か頷《うなず》いた。

「王女って料理も作らないといけないんだな」

後ろで殴らせてぇ！　とか女官の叫びが聞こえた。あれなんか間違えた？

「ち、違う！」

「そうか。そうだよな」

手早いノックが聞こえる。聞き慣れた癖だ。先任軍曹《ファースト・サージェント》だな。

俺は肉を食べ、野菜を食べ、パンをポケットに入れた。食卓布で口を拭ったところで、エメラルドがどうぞと声をかけた。

「大尉、貧民街で火の手が上がっております」

「分かった。行こう。良い機会なんで味方と合流しよう。兵がいない下士官と士官はカカシほどの役にも立たないからな」

俺は席を立った。エメラルドが動揺した顔をしている。前髪が額にかかっている。

「戻ってきてね。絶対よ」

「また連絡する」

エメラルドの前髪を払い、それだけいって、頭を撫《な》でて部屋をでた。あれだな。エメラルドの料理がなまじ上手過ぎて、本人が作ったと気付くのが遅れてしまった。

「もう少し時間をご用意できれば良かったんですが」

一歩後ろを歩く先任軍曹がそんなことをいう。俺はいらん世話だといった後、先任軍曹から剣を受け取った。両刃直刀は見た目はいいんだが、突撃するには向いていない。そういう意味で突撃兵の代名詞である洋刃の方がいいんだが、ないなら仕方ない。

「エメラルドには、あとでステファンにいって花でも贈るさ」

「大尉もついにそんなことができるようになったのですか」

「ばっか子供の頃から花集めて母さんに贈ってたわ」

先任軍曹が天を仰いでいる。なんか天井にあったろうか。いや普通だな。

「それで、さしあたってどうされますか」

「ルースの民を守る。今日一日歩いて地理は頭に入っているな？」

「問題ありません。地図も覚えております」

「よろしい先任軍曹。では戦いを再開しよう」

「はっ」

俺は軍曹と夜の街を走った。

「先任軍曹。そっちじゃない。こっちだ」

「貧民街ではなく？」

「貧民街でドンパチはやりたくない。それに、ここからだと時間がかかりすぎる」

俺が向かったのは占領軍司令部が入っている商館だった。

建物と建物の間から、歩いてでる。

「先任軍曹、細かいのは任せる」

「承知しました」

幸い、商館の周りは整地されている。これなら延焼を心配しないでいい。

俺は一抱えの炎の球を放り投げた。小さな一次爆発が内側に発生し、つづいて二次燃焼が発生する。

太陽が出現したかのような明るさに、一瞬で吹き飛び溶けて蒸発する煉瓦《れんが》。建物が粉々にすらならず消滅した。

「やっぱ街の中では、俺の魔法は使いづらいな」

先任軍曹《ファースト・サージエント》はそうですなといいながら、俺に近いせいで死を免れた兵士を剣で突き殺した。

いずれも首筋を指一本分の長さで突いて殺している。良い腕だ。

「しかし、よろしいのですか、リアン国に嫌疑がかかるかもしれませんが」

「ステファンに攻撃を偽装するよう伝えている。次に行くぞ」

「はっ」

次は街の真ん中にある広場だ。貧民街から焼けた司令部までを裏道を通らないなら必ず広場を通る。

走りながらパンを食べる。うまい。おがくずとか混ぜてないパンの味がする。これもエメラルドが作った気がするな。どんだけ手間をかけていたのか。王女という立場だから、いい花嫁になると褒めてやっていいのかどうかも分からないが。

広場に着いた。先任軍曹と一緒に息を整える。

「大尉といると退屈しませんな」

「それは良かった」

俺の想定より遅れて敵、二個中隊が走って広場に入ってくる。俺は炎の矢を二〇〇本出現させた。

手を振って発射、全弾命中。頭を吹き飛ばす。

敵が呆然《ぼうぜん》としている。反撃も動きもせずに、俺が再び二〇〇の炎の矢を出すところを眺めていて、そしてそのまま、炎の矢に焼かれて死んだ。

「戦場で呆然とするとは、教育が足りてないな。先任軍曹」

「はっ。教育のしがいがあります」

「敵、一個中隊です。広場に入るのをやめたようですな。道で渋滞しております」

「そうか」

俺は剣を抜いた。

「突撃だ。先任軍曹」

「はっ」

密集して立ち往生している敵は初級魔法でも簡単に全滅する。俺は不完全燃焼の魔法を使うと街路に投げ込んだ。ばたばたと兵が倒れる。前方で敵兵たちの悲鳴がする。

炎の矢で、指揮官らしき者と、逃げるのをやめるよう叫ぶ下士官を狙い撃ちして前進する。倒れて邪魔する兵たちの止《とど》めを刺しながら前進するので思いのほか時間がかかった。少し逃したな。

「やっぱり兵が欲しい。これぐらい全滅させてやるのに」

「すぐに合流できるでしょう」

「そうだといいな」

そういってたら、間抜けな悲鳴が後ろから聞こえる。誰かと思ったら、ステファンだった。大量の死体にぎゃあぎゃあいいながら俺の方に寄ってくる。

「お前、なんでこんなところに」

「仕方ないだろ！　僕だってこんなところ来たくないよ！」

涙と鼻水を出しながらそんなことをいう。まあうん。小便漏らしていないだけ、昔の俺よりマシだな。

「仕方ないってなんだよ」

「お前絶対、エメラルド姫置いていくつもりだろ。だから！」

僕が来たのだといいたかったのだろうが、鼻水で上手く喋《しゃべ》れていない。

「エメラルドに、こんなことしてる俺を見せたくないよ。分かれ」

俺はそういって、前に進んだ。

「どうするの、マクア」

「合流だよ。この騒ぎと炎見れば、俺の部下は分かるだろ。夜ならさらに映えるって道理だ」

「お前……頭良いとか自称してたけど、それはどうなの」

「頭良いやり方だと思うけど」

「そうかー。ところでお前の部下は良いけど、ムデンさんはどうするんだ？」

「近接戦負け知らずのムデンさんだ。それがあえて帰って来ないということは、まあなにかあったんだろう」

「なにかってなんだよ」

「多分、人殺していると思う。占領軍の兵士四人殺したとかいってたけど、あれがムデンさんである可能性が高い」

「えー!?」

「というか、マクアディ友の会とかいうものの正体がムデンさんでも俺は驚かない」

「さすがにそれはないだろ」

ステファンはそういって笑うが、俺の知ってる剣の師匠、ムデンさんならやる。時たま俺を連れて訓練と称して連合の陣地に白兵夜襲していた。

「ムデンさんなら四人斬り倒すのもわけない。んで、エメラルド姫に迷惑かからないように潜伏している。これが一番ありそうだな」

「なんでまたそんなことを」

「あの人、キレやすいからなあ」

「そうかあ？　エメラルド姫泣かせてたマクアはともかく、それ以外で剣を抜いたところは一度も見てないぞ」

「エメラルドを泣かせるなら俺相手じゃなくても剣を抜くと思うけどな」

そういっていたら、見慣れた惨殺体をみつけた。さっき逃げ出した兵の一部だろう。兜《かぶと》ごと頭蓋に横一線の切れ込み入れて殺すなんて、俺の剣の師匠くらいしかいない。

「ほら、マクアディさまはご無事だったでしょう？」

闇から現れたムデンさんは、血で濡《ぬ》れた剣を隠しながら恭しくいった。その横に、妹たち、ラディアとメディアがいる。

「兄さま！」

小さい方の妹、ラディアが抱きついて来た。

「よかった。二人とも無事だな」

大きい方の妹であるメディアは、なぜかオロオロしている。

「メディア？」

「い、いいえ。なんでもありません」

「そうか」

メディアは俺に近づくと……、恥ずかしそうに離れた。よく分からない。

「じっちゃんと、皆は？」

「大丈夫です。大尉」

イスラン伍長《ごちょう》がそういいながら姿を見せた。皆もいる。

「よし」

俺は朗らかに笑った。戦果もそれなりだし、実にめでたい。

「ではヘドンから脱出する。その後は計画通りに」

そういったら、ムデンさんが俺に耳打ちを始めた。

「城門の外には難民が大量にいます。戦うのは……」

「大丈夫です。ちゃんとやります」

「結構でございます」

ムデンさんは恭しく頭を下げて下がった。

俺は皆を引き連れて城壁へ行く。空は、いつの間にか紫色になっていた。もうそろそろ夜明けの鐘が鳴る頃だ。

「では我々の新しい門出を祝そうか」

俺は壁を叩《たた》きながらいった。先任軍曹《ファースト・サージエント》が苦笑する。

「大尉、髪がそれでは格好《かっこ》つきません」

「そうだったな」

それで髪の色を染める染料を焼いた。髪を焼かずに染料だけ焼くのは中々難しい曲芸の部類だ。

「ラディア、俺の髪戻った?」

「はい。素敵です兄さま」

俺は壁を外側に爆破して道を作った。夜明けの光ができた道を照らしている。

「素敵かどうかは分からないが、まあ、侵略者どもを苦しめるよ」

ルース王国

マクアディが生まれ育ち所属する祖国。周辺国の中で最も長い歴史を持つが、有志諸国連合との戦争で滅亡の危機に瀕している。

有志諸国連合

ルース王国への領土的野心を持つ周辺国が結成した連合軍。ニクニッス国などの主力を形成する国家のほか、リアン国、アリスリンド国などの小国も所属している。

リアン国

有志諸国連合に属する小国。かつてはルース王国と同盟関係にあった。

ニクニッス国

有志諸国連合の主力を成す、周囲に睨みをきかす武威を誇る王国。

虎のマクアディ

対有志諸国連合との戦争において圧倒的な功績を挙げたマクアディに付いた異名。現時点で戦争の教科書を三度書き換えた軍人とも呼ばれている。

火属性勅任魔導師

炎魔導師などとも呼ばれる。土属性魔導士などと異なり、（戦争の常識では）兵士たちから不人気だといわれる。マクアディは例外中の例外。

あとがき

締め切りまで残すところ2時間という感じでぎりぎりまで作業しております。芝村《しばむら》です。

今回も異世界なんで英語はルビと固有名詞以外全部禁止でお送りしております。ズボンもベッドもサーベルもマントも全部日本語です。マントを袖なし外套《がいとう》というのですが、本当でござるかぁと指摘されて明治時代の古書の用例を見せたりしてました。

あと完全に死語になっていたのが沼気でメタンガスのことを言います。校正さんから確認が飛んできました。

謝辞

担当編集、編集長、イラストレーターのエナミカツミさん、営業の皆さん、書店担当の皆様、ありがとうございます。

各書店のデータを見ながら意外なところで意外な数売れてたりして、あ、このお店では一押ししてくれる書店員さんがいるのだなとか毎回一喜一憂しております。支店間を異動されて仕事されてるのが数字で見えたりするのが楽しいです。

皆様の努力で作品を書けております。感謝。

もちろん一番の感謝はこの本を手に取ってくれた読者の方に。ありがとうございます。

締め切りまで一時間　芝村裕吏《ゆうり》

MF文庫J

紅蓮戦記 1
天才魔術指揮官は逃げ出したい

2022年6月25日　初版発行

著者　芝村裕吏
発行者　青柳昌行
発行　株式会社 KADOKAWA
〒102-8177 東京都千代田区富士見 2-13-3
0570-002-301（ナビダイヤル）

印刷　株式会社広済堂ネクスト
製本　株式会社広済堂ネクスト

Printed in Japan　ISBN 978-4-04-681473-9 C0193

【ファンレター、作品のご感想をお待ちしています】
〒102-0071 東京都千代田区富士見2-13-12
株式会社KADOKAWA　MF文庫J編集部気付「芝村裕吏先生」係「エナミカツミ先生」係